ROMAIN SARDOU

Issu d'une longue lignée d'artistes, Romain Sardou, né en 1974, se passionne très jeune pour l'opéra, le théâtre et la littérature. Après quelques années à Los Angeles, où il écrit des scénarios pour enfants, c'est en France qu'il publie son premier roman, un thriller médiéval, *Pardonnez nos offenses* (2002). Celui-ci connaît aussitôt un immense succès, tout comme les suivants, *L'Éclat de Dieu* (2004) et *Délivrez-nous du mal* (2008). Exploitant d'autres rivages romanesques, il a également écrit trois contes d'inspiration dickensienne, un thriller contemporain, *Personne n'y échappera* (2006), et un roman philosophique, *Quitte Rome ou meurs* (2009). L'auteur explore ensuite la fiction historique avec sa série « America » – *La Treizième Colonie* (2010) et *La Main rouge* (2012) –, dans laquelle il aborde l'histoire de la naissance de l'Amérique. Dans *Mademoiselle France* (2014), il raconte le destin mystérieux d'une femme dans la France occupée. Son nouveau roman, *Un homme averti ne vaut rien*, a paru en 2020. Tous ses ouvrages ont été publiés chez XO Éditions et repris chez Pocket.
Romain Sardou est père de trois enfants.

UN HOMME AVERTI NE VAUT RIEN

ÉGALEMENT CHEZ POCKET

PARDONNEZ NOS OFFENSES

DÉLIVREZ-NOUS DU MAL

PERSONNE N'Y ÉCHAPPERA

UN HOMME AVERTI NE VAUT RIEN

AMERICA
1. LA TREIZIÈME COLONIE
2. LA MAIN ROUGE

ROMAIN SARDOU

UN HOMME AVERTI NE VAUT RIEN

XO ÉDITIONS

MIXTE
Papier issu de sources responsables
FSC® C003309

L'éditeur de cet ouvrage s'engage dans une démarche de certification FSC® qui contribue à la préservation des forêts pour les générations futures.

Pour en savoir plus :
www.editis.com/engagement-rse/

ISBN : 978-2-266-32564-6
Dépôt légal : juin 2022

À Kym

La nuit, fumant des cigarettes sur la véranda, il m'arrivait souvent de réfléchir à l'héritage, à ces biens inestimables que les pères sont empêchés de léguer à leurs fils, ces fortunes à jamais perdues et enterrées.

Je pensais à tous ces trésors de l'esprit, ces savoirs accumulés, cette expérience, cet usage du monde, cette mémoire du temps et des saisons, cette connaissance d'une langue étrangère, des fièvres de la joie et du poids de la peine, je pensais à tout ce patrimoine précieux à jamais muré et enseveli dans la tête des morts.

Les notaires n'avaient à connaître que le partage de la ferraille, mais où passaient tous les biens de l'esprit, à qui profitaient-ils ? Si les enfants pouvaient hériter de l'acquis de leurs pères, posséder seulement ce capital ontologique, vivre serait un jeu d'enfant, et le monde infiniment riche.

Jean-Paul DUBOIS

1.

James West était très fier de son chapeau à deux tons avec garniture en gros-grain. Son entreprise importait de la soie en Amérique depuis 1690, au départ des comptoirs royaux de Liverpool. Les affaires étaient florissantes et il voulait que tout Philadelphie le remarque. Il portait une chemise et un gilet jaunes piqués dans l'étoffe italienne qui assurait sa fortune. À chaque rencontre, il exécutait un large salut avec son chapeau neuf, frustré qu'on ne l'ait seulement pas autorisé à conserver son fusil : un mousquet hollandais importé par un portraitiste de Leyde venu en Pennsylvanie immortaliser les notables.

Sur les lieux de la célébration du jour, James vit arriver des charrettes de villageois. Il jugea sans plaisir ces hommes vêtus de noir et ces jeunes femmes avec leurs tabliers gris et leurs coiffes sobrement dentelées. Le *Mayflower* avait abordé les côtes américaines près de quatre-vingts ans auparavant : il trouvait la mode austère des Pères pèlerins de Plymouth totalement anachronique en 1693. « Quoique ?… » Depuis que les quakers prenaient l'ascendant sur la colonie, rigueur et ascétisme redevenaient à la mode et il pressentait qu'on lui interdirait bientôt de porter ses habits et son chapeau colorés…

Ce fut à ce moment que son téléphone portable sonna.

— James ? J'ai devant moi un autocar rempli d'*authentiques* Irlandais. Le chauffeur prétend qu'il est autorisé à venir se garer sur le site. Il paraît que c'est toi qui t'en charges. Rapplique, les flics s'impatientent.

James promit d'arriver vite.

En ce jour de la Saint-Patrick 2007, le quartier de Georgiana, à Philadelphie, avait été bouclé par la police. Les rues y étaient rendues aux piétons, certains costumés comme au temps des colonies, d'autres habillés de vert et le visage peinturluré aux couleurs de la fête nationale irlandaise. La capitale de Pennsylvanie s'honorait d'avoir reçu sur son sol les premiers Irlandais du Nouveau Monde. Cette année encore, la mairie avait laissé déverser des milliers d'hectolitres de colorant naturel dans le Delaware afin que le fleuve ornât Philadelphie d'un gigantesque ruban vert. Parades et cortèges se préparaient à défiler sur Emerson Boulevard. Dans le vaste parc de Georgiana, des orchestres issus de Carrickfergus entonnaient des airs traditionnels, non loin des débits de bière et des échoppes qui proposaient chapeaux, trèfles et fanions irlandais. Des portiques et des détecteurs de métaux avaient été dressés à toutes les entrées du site. C'était là que James West s'était vu confisquer son fusil de collection.

Il avait endossé ce matin un costume similaire à celui de son aïeul, un armateur homonyme qui avait vécu à Philadelphie à la fin du XVIIe siècle, et qui possédait une taverne sur Dock Creek. Il marcha jusqu'à Frost Avenue où le bus avait été immobilisé par les services de sécurité.

— Ce sont des invités, expliqua West au marshal de faction. J'ai leurs badges. Pour le parking, voici l'autorisation de la mairie.

Le policier consulta les documents extraits de la sacoche en vieille peau de West et déclara :

— Les invités descendent ici. Le car passera après qu'on l'aura examiné.

Une trentaine d'Irlandais – des hommes, des femmes et quelques enfants – sortirent du bus à l'appel de leur nom. James West leur remit des accréditations pour une zone VIP du parc. Tous sourirent en découvrant sa tenue folklorique, puis ouvrirent de grands yeux en apercevant beaucoup d'autres personnes sur le site qui, elles aussi, étaient vêtues et coiffées comme au temps des colonies anglaises. On y admirait des soldats en uniforme de l'armée royale de William III, des quakers à perruque blanche, des artisans suédois et allemands (représentant la toute première vague de colonisation de cette région d'Amérique), des trappeurs aux allures de Davy Crockett, puis des Indiens aux costumes de leurs tribus d'origine, les Susquehannock ou les Ockichogee.

L'atmosphère ambiante relevait de la kermesse comme de la réunion familiale.

— Ce n'est pas une Saint-Patrick comme les autres, leur dit West. Nous célébrons l'ouverture au public d'un nouveau site historique. Il commémore l'implantation de la communauté irlandaise à Philadelphie, en 1693. Les personnes autour de nous ne sont pas simplement déguisées, elles possèdent, comme moi, d'authentiques colons ou natifs dans leur arbre généalogique. C'est un jour de mémoire, chacun s'emploie de son mieux à célébrer l'événement et à faire revivre le passé !

James West se sentait gonflé de l'honneur de représenter son lointain aïeul, déterminé à s'en montrer digne.

Depuis toujours, il revêtait ce costume d'époque au moins trois fois l'an. Pour les fêtes de l'Indépendance, de Thanksgiving et de Memorial Day. Il aimait sentir son cuir lourd et épais peser sur ses épaules, cette peau séculaire admirablement nourrie et cirée. Son odeur suffisait à le faire voyager dans le temps. Il attachait un soin maniaque à son entretien et à son authenticité. Le moindre bouton, le moindre lacet, le plus petit ruban était d'époque. Cette année, il pensait faire un effet formidable avec son nouveau chapeau et son fusil de collection ! Ces fêtes de reconstitution le renvoyaient aussi à son enfance et au temps où c'était son père qui *jouait à être* l'ancêtre des West !... Le James d'aujourd'hui regarda autour de lui : il y avait de moins en moins de jeunes à chacune de ces réunions de passionnés… Son propre fils s'en fichait et refusait de jouer le jeu… Sa femme trouvait qu'il dépensait trop pour cette marotte nostalgique… James West était seul… mais il était fier de tenir son rôle.

Un cortège de limousines défilait devant l'entrée du site historique. Le gouverneur, le sénateur de l'État et le maire de Philadelphie avaient annoncé leur présence. Une estrade était dressée pour les photographes et les cameramen. Des discours officiels par flots étaient attendus. Le nouveau site se nichait au fond d'un parc, en bordure de la rivière Schuylkill, à l'ombre d'arbres plantés à la création de la colonie et préservés comme des trésors nationaux.

Une tour de verre dominait le parc. C'était à son pied que s'étaient arrêtés les convois du sénateur et du gouverneur, sous les flashs des photographes. Parmi les Irlandais escortés par James West, un enfant pointa l'entrée du building au-dessus de laquelle se lisait le nom de ses propriétaires en grandes lettres.

— C'est grâce à eux que nous sommes en Amérique, pas vrai ?

— Oui, mon fils.

— Ils doivent être vraiment très riches.

— Riches ?…

Un vieux barbu costumé en capitaine de marine du XVIIIe siècle s'invita dans la conversation.

— Riches, ils le sont, en effet, s'exclama-t-il. Tout ce que vous voyez autour de nous aujourd'hui, le parc, le nouveau site, comme l'immense commémoration : tout a été payé par les Bateman.

— D'où leur vient leur immense fortune ? demanda la mère.

L'homme sourit et dit, avec un hochement de tête :

— Vous savez ce qu'on raconte… C'est même passé en proverbe : « Derrière les grandes richesses, il y a toujours un grand crime… »

2.

Au dernier étage de la tour, John Bateman avait vue sur tout le site historique et l'arrivée des invités. Depuis cette hauteur, on entendait à peine le son des fanfares qui se préparaient pour le défilé, recouvert par le survol des hélicoptères de la télé qui iraient filmer les festivités.

John se tenait debout derrière son bureau directorial, vêtu d'un costume trois-pièces impeccable, ses cheveux blancs et épais strictement coiffés.

— Combien de temps as-tu travaillé pour notre famille ?

Il s'adressait à un homme d'une soixantaine d'années, bâillonné, attaché à un fauteuil par plusieurs tours de corde, les mains et les pieds ligotés dans des serre-câbles.

— Vingt-cinq, trente ans ?

Effrayé, l'homme acquiesça. Il soufflait sur son bâillon et suppliait du regard.

John considéra un tas de feuillets empilés sur son bureau.

— Pourquoi un homme aussi discret voudrait-il subitement laisser une trace dans l'Histoire en publiant ce brûlot qui parle autant de moi que de toi ? Mon père m'avait prévenu, quand j'étais jeune : « Un jour, John, le cap de l'âge sera passé et tout ce que tu faisais bien, tu le feras de travers… Tu auras vieilli, et tu seras le dernier à t'en rendre compte… »

Il disait cela du ton que l'on prend pour sermonner un enfant, non pour s'adresser à un homme qui sait qu'il va bientôt mourir.

Le ligoté protesta avec des cris.

— Oui, je sais, fit Bateman, une main sur les feuillets. Tu as maquillé les dates, les lieux et les noms. Pourtant, tu n'imagines pas ce que ce manuscrit m'a *déjà* coûté de désagréments... Nous ne sommes pas n'importe qui, toi et moi…

L'homme en face de John se nommait Daniel Kerbs. Il avait le profil de tous les Blancs retraités de la classe moyenne de Bergen, dans le New Jersey, et le samedi matin, au centre commercial de Paramus, quand d'autres hommes le croisaient avec les mêmes tempes grises, le même ventre bedonnant, le même bermuda démodé, les mêmes baskets sans forme et la même épouse pressée trottinant devant eux, ils s'échangeaient des regards amusés et complices. Kerbs lui-même y croyait. Il était un citoyen comme les autres… Fondu dans la masse… Un homme rassurant, à qui un enfant pourrait demander de l'aide s'il était perdu.

Mais tout rapprochement avec un être humain normal devait s'arrêter là.

Daniel Kerbs, mieux connu du FBI et de la pègre irlandaise sous le surnom du « Malédictin », était l'homme le plus dangereux de la côte Est. Un tueur à gages qui, pour soixante mille dollars, ne refusait aucun type de contrat. Son talent pour faire disparaître des cadavres avait rendu son nom illustre dans le milieu dès le début de sa carrière. Si la victime était un personnage public et qu'une enquête à gros moyens risquait d'être mobilisée pour élucider son décès, le Malédictin commençait par disposer le corps dans une chambre froide industrielle. Il l'y laissait glacer deux ou trois ans, puis le ressortait, le décongelait et l'abandonnait au grand air, dans un endroit volontairement singulier. C'était ainsi que l'adjoint au maire de Boston et le directeur de la Citybank du Chrysler Center à Manhattan avaient été retrouvés par la police, le premier en 1989, le second en 1993, tués d'une balle dans la tête, après avoir disparu pendant des mois. En conséquence, les légistes de l'époque s'étaient déclarés incompétents pour établir la date des décès. Jamais les enquêteurs n'avaient réussi à remonter jusqu'au Malédictin et à ses commanditaires. Les mafias de New York s'étaient longtemps disputé ses services. Aujourd'hui, le Malédictin avait cessé ses activités depuis cinq ans, en accord avec John Bateman, son principal employeur.

Le premier feuillet de la pile sur le bureau de Bateman avait pour titre :

Le Tueur de Paramus

Quatre décennies
dans les pas d'un exécuteur

Kerbs, en voulant imiter d'autres bourreaux célèbres avant lui, avait vendu les droits de publication posthume de son autobiographie à un éditeur français installé à Los Angeles. Ce dernier s'était rapproché de la police puis du FBI qui, depuis, pointait le moindre mot du manuscrit en cours, rouvrant en secret des dossiers au fil des chapitres abordés par l'auteur.

— J'aurais aimé que tu aies une retraite plus sage, vieux camarade, lui dit John Bateman.

Il posa la main sur son épaule.

— Tu l'avais amplement méritée. Quel bon soldat tu auras été !

Il sourit.

— Aussi, tu peux te rassurer… Ta mort sera à la hauteur de ta réputation : je te promets que la police va mettre une éternité à *retrouver ta dépouille…*

Kerbs sentait sa fin imminente. Son regard fouillait frénétiquement la pièce.

Un homme de la carrure d'un garde du corps tendit un sac en plastique à John. Celui-ci le plaça sur la tête du Malédictin, le refermant à la base du cou, puis serra de toutes ses forces. Le ligoté essaya de basculer le buste en avant, mais Bateman le retint par la gorge. Il essaya de renverser le fauteuil, en vain. Le moindre effort le tuait un peu plus. Le plastique du sac se plaquait contre son visage à chaque inspiration. Toute sa vie, Kerbs avait été un meurtrier redoutable, pourtant, penché en ce moment au-dessus de lui, le sang au visage, les poings en étaux, c'était bien John Bateman, le businessman, qui avait la tête sordide d'un criminel professionnel. C'était lui dont n'importe qui penserait, en le surprenant dans son bureau : « Il a des dizaines de cadavres à son actif, il les tue de sang-froid, les démembre, les emmure, les fait disparaître dans des surgélateurs… » Les râles de la victime ne furent bientôt plus que d'imperceptibles vibrations que Bateman décelait du bout des doigts. Kerbs ne voyait plus, mais le halètement de son bourreau et les bruits extérieurs l'atteignaient encore. Il sentit une détente envahir tout son corps, après les horribles contractions. Un reste de conscience l'autorisa à sourire. Il avait oublié jusqu'à l'idée de son nom et de son enveloppe humaine. Il eut un dernier sursaut tremblant : *c'est la réalité ?* Puis le sac en plastique cessa de palpiter, comme les poumons de l'asphyxié.

Le Malédictin mort, Bateman lâcha sa proie et entra dans une salle de bains attenante au bureau pour se passer les mains sous l'eau froide. Habillé d'un strict costume gris et d'une chemise claire, il rajusta sa cravate et sa pochette vertes mises en l'honneur de la Saint-Patrick. Âgé de la même soixantaine que Kerbs, de corpulence aussi épaisse, il se sentait tout à fait prêt à se présenter devant la foule et les journalistes qui l'attendaient dans le parc.

En quittant son bureau, il dit au garde du corps :

— Vous me retirerez aussi le fauteuil. Ce con s'est pissé dessus…

3.

La nouvelle attraction historique dans le parc de Georgiana n'avait rien de très spectaculaire : c'était un simple débarcadère sur la rivière Schuylkill, reconstitution d'un modèle bâti en 1693 par un couple d'Irlandais.

Ce débarcadère marquait toutefois une étape importante dans l'histoire de Philadelphie : le point de départ du commerce avec les tribus indiennes des territoires de l'Ouest. C'était surtout, en cette journée de la Saint-Patrick, le témoignage le plus ancien de la présence des Irlandais dans la colonie.

Et un souvenir familial.

Ce débarcadère avait été l'œuvre des deux premiers Bateman émigrés en Amérique.

Sur l'estrade principale, les personnalités se succédèrent pour prononcer leurs discours, dont le gouverneur, le sénateur et le maire de la ville. La famille Bateman était assise au premier rang : John, sa femme Frida et leurs deux fils, Clive et Julian, âgés de trente-six et trente ans.

Le patriarche fut le dernier à prendre la parole. John monta lentement à la tribune, sa tête de bouledogue, qu'il avait eue au moment d'exécuter Daniel Kerbs, avait laissé place à un visage tendre, ému même. Il croisa le gouverneur de l'État, sans échanger de regard avec lui, et resta un moment silencieux debout derrière le pupitre.

Quand il entama son discours, il avait presque les larmes aux yeux.

— Il y a de cela plus de trois siècles, en 1691 exactement, un tout jeune homme et une toute jeune femme, à peine mariés, quittaient leur Irlande natale à bord d'un bateau en pensant rejoindre la France. Ils fuyaient les massacres que l'envahisseur anglais infligeait aux frères catholiques de notre belle île meurtrie. Mais, sans qu'ils en soient avertis, leur brigantin eut une destination bien différente, et c'est en Amérique qu'ils ont débarqué ! Ici. En Pennsylvanie. À Philadelphie. La « Ville de l'amour fraternel », érigée par son fondateur, William Penn, pour tous les réprouvés et tous les persécutés du monde. Ce jeune homme et cette jeune femme avaient pour noms Harry et Lilly Bateman. Ils étaient pauvres. Ils ne connaissaient personne. Unis contre leur gré par leurs parents, eux-mêmes étaient des étrangers l'un pour l'autre. Perdus dans un monde encore hostile et sauvage.

Il prit quelques secondes pour laisser retomber son émotion.

— Ils se sont mis à *travailler.* Avec la rage et la foi des premiers colons qui ont façonné ce pays. Harry Bateman décida très tôt de s'établir à son compte. En ce temps-là, Philadelphie ne représentait qu'un bourg de quelques rues délimitées plus à l'est d'ici, sur la rive du fleuve Delaware. Seul ce dernier offrait aux bateaux un accès à l'Atlantique et au commerce avec le Vieux Continent. Harry Bateman choisit de s'en éloigner et de venir s'installer ici, au bord de la rivière qui coule à nos pieds. Tout le monde le crut fou. Pour les colons, le seul commerce profitable ne s'imaginait qu'avec la mère patrie et avec les Antilles. Qu'est-ce que ce Bateman allait gagner au milieu de nulle part, sur une berge reculée ? Il construisit de ses mains un petit débarcadère, le même que nous inaugurons aujourd'hui. En mettant son projet à exécution, il ouvrait une porte de communication avec les terres encore inexplorées de l'Ouest, et les Indiens, comme les Susquehannock, qui vinrent à lui volontiers. Grâce à son flair et à son audace, sa fortune commença, et celle de la colonie avec elle, alimentée par des centaines de pirogues chargées de peaux de castor destinées à finir en chapeaux dans les rues de Londres. Le jeune Harry Bateman installa un autre débarcadère à New York et, depuis lors, de génération en génération, la famille Bateman a vécu en Amérique, de l'Amérique, pour faire vivre et grandir l'Amérique.

Il insista :

— Une famille loyale, exigeante, laborieuse, honnête…

John Bateman n'était pas le seul ému à l'évocation de sa lignée. Sur les dizaines de rangs de spectateurs face à lui se trouvaient près de huit cents Américains qui appartenaient aux quatre mille deux cent quarante-sept descendants directs des deux premiers Bateman vivant à travers le monde.

— Le fils unique de Harry et de Lilly, reprit John, prénommé Charles (premier Irlandais né à New York City), célèbre pour avoir été un grand pirate et un grand gouverneur, montra toute sa vie son attachement aux origines irlandaises de ses parents. Jusqu'à sa mort, il œuvra à l'installation de nouveaux Irlandais en Amérique, leur offrant asile, aide, sécurité et travail. Cette tradition familiale s'est perpétuée de père en fils, de Bateman en Bateman, du début du XVIIIe siècle jusqu'à nos jours.

Il se tourna vers les gradins où avaient été installés les Irlandais de James West.

— En ce jour où Philadelphie honore la mémoire de Harry et de Lilly Bateman, s'exclama-t-il, nous avons avec nous une douzaine de familles d'Irlande qui viennent d'émigrer en Amérique grâce au soutien de la Bateman Foundation, et nous ferons tout, avec leur concours, pour qu'ils deviennent de bons Américains travailleurs, et qu'ils puissent accomplir leurs rêves, comme Harry et Lilly Bateman les ont accomplis, longtemps avant eux.

Il désigna de la main les bénéficiaires du jour en les invitant à se lever. Toute la foule applaudit. L'assistance communia ensuite devant l'interprétation de l'hymne des États-Unis chanté par une jeune fille d'Ulster.

À sa descente de la tribune, une ovation salua encore John Bateman. Alors que des enceintes diffusaient des airs du répertoire irlandais, il alla embrasser sa femme et leurs deux fils.

Il murmura à l'aîné :

— Où est notre protégé ? Il paraît qu'il se reconnaît au premier coup d'œil. Je ne l'ai pas vu dans les gradins des nouveaux Irlandais…

— Il n'a pas assisté à la cérémonie, répondit Clive Bateman. Depuis son arrivée, il est assis dans l'église.

— Ah, c'est exact… On m'a averti qu'il était très… dévot.

Un immense buffet était offert aux invités du parterre VIP. Les solliciteurs se resserraient autour de John Bateman. Quand les représentants de l'État et de la ville furent partis, il réussit à s'extraire de la foule et à franchir le parc jusqu'à une église voisine. Elle aussi était un legs de Harry et Lilly Bateman, qui avaient fait ériger cette première église catholique à Philadelphie avec les gains de leur débarcadère. Construite en bois et peinte en blanc, elle se dressait alors en pleine nature, dominant la rivière. Aujourd'hui, pieusement entretenue par des générations de Bateman, Notre-Dame de Georgiana paraissait minuscule, encaissée entre deux immenses buildings de Lilly Street.

John pénétra sous la nef, accueilli par l'évêque Ebenezer Aden-Frost.

L'église s'était remplie d'Irlandais venus assister à leur première messe en Amérique.

— Auriez-vous un peu de temps à m'accorder, Monseigneur ?

Les deux hommes entrèrent dans le confessionnal.

« Pardonnez-moi, mon père, parce que j'ai péché… »

Bateman conta alors, dans le détail, son meurtre du Malédictin.

— Il y a bien longtemps que je ne vous ai entendu confesser un crime, lui dit l'homme d'Église qui connaissait John depuis trente ans. Cette pauvre âme devait être bien coupable pour que vous vous en occupiez vous-même.

— Je fais ce que je dois.

John confessait tous ses actes à Aden-Frost, y compris les plus condamnables, mais il n'expliquait jamais ses raisons. Sa confiance n'allait pas jusqu'à Dieu.

— Y auriez-vous pris un plaisir honteux, mon fils ?

— Je confesse que cette exécution n'a pas été déplaisante.

John excellait dans les examens de conscience et la reconnaissance des péchés.

— Espérons, mon fils, que de ce mal puisse sortir quelque bien.

— Espérons.

L'évêque excellait dans l'absolution et la pénitence.

Il pria avec John, avant de lui prodiguer, comme à son habitude, le réconfort des *Devoirs monastiques* :

« Un homme cesse de vivre ; on se tourmente pour trouver les causes et les raisons de sa mort ; mais au fond, à reprendre les choses jusque dans leur source, la vérité est qu'il meurt, parce que la volonté de Dieu n'était pas qu'il vive davantage… »

L'âme rassérénée par un *Confiteor* d'excellente facture (le pénitent s'engagea à rénover la crypte de l'église), John Bateman quitta l'isoloir et regagna les travées de l'église.

Son fils Clive lui désigna un homme assis au plus près de l'autel. De dos, il paraissait très grand, vêtu de cuir sombre, avec de longs cheveux raides et luisants, bleus à force d'être noirs, presque des cheveux de Cherokee. N'était sa carrure imposante, cette coiffure aurait pu être celle d'une femme.

— Tu veux lui parler ?

— Non, répondit John. Laissons-le s'installer. Il saura bien assez tôt ce qu'on attend de lui. Allons communier, mon fils… C'est un grand jour. Je suis certain que de là où ils sont, Harry et Lilly Bateman nous regardent !…

4.

Les Irlandais émigrés gracieusement en Amérique grâce à la Fondation Bateman étaient logés dans des appartements de Philadelphie, de Boston et de New York, un métier à la clef et leurs enfants inscrits dans de bonnes écoles à proximité.

La Fondation n'aidait cependant pas que des familles à venir aux États-Unis : Liam O'Connor n'avait ni femme ni enfant.

Grand, le visage mince et pâle, les yeux très sombres, avec d'interminables cheveux soigneusement lustrés et un piercing à la narine droite, ce natif d'Irlande du Nord, trentenaire, était constamment habillé d'un long manteau de cuir noir. Il promenait son air « gothique » dans Manhattan, au croisement de la 25e Rue et de la Sixième Avenue, devant un immeuble de plus de quarante étages qu'un membre de la Fondation lui avait indiqué.

Après avoir poussé la lourde porte d'entrée du hall, avec un sac de sport en bandoulière pour tout bagage, il entendit, surpris :

— Bienvenue, monsieur O'Connor !

Le concierge ne l'avait jamais vu, mais connaissait déjà son nom et son visage.

— Appartement 0674, reprit-il derrière son comptoir en acajou en tendant à l'Irlandais un trousseau de clefs. Au quarante-sixième étage. L'ascenseur se trouve sur votre droite, monsieur.

Liam O'Connor se contenta d'approuver d'un mouvement de tête, comme si tout était « normal ». Dans l'ascenseur, il observa son reflet sur les grands panneaux miroitants. Il était saisi d'un mauvais pressentiment. Le long du couloir, il s'attendait à ce que la clef que lui avait remise le concierge ne fonctionne pas. Pourquoi les Bateman lui assigneraient-ils une adresse aussi prestigieuse ?…

En franchissant le seuil, il découvrit un appartement à la décoration sobre, mais très luxueuse, avec de larges baies vitrées ouvrant sur les toits de Manhattan. La surprise fut telle qu'un éclat de rire nerveux lui échappa. Il compta deux chambres, un living avec une cheminée artificielle et une cuisine ultramoderne. Un titre de propriété de l'appartement était établi à son nom, posé sur une table basse, bien en évidence, avec les clefs d'un cabriolet Mercedes. La carte grise et l'attestation d'assurance portaient aussi son nom. Un extrait de relevé de compte de la US Bateman National Bank le dotait d'un capital de cent vingt-cinq mille dollars. Il héritait aussi d'une carte de crédit Gold et d'un chéquier…

Liam se laissa tomber dans un fauteuil et s'alluma une cigarette.

— Ce n'est pas croyable, murmura-t-il avec son pur accent rocailleux de l'Ulster. Pas croyable…

Et il rit une nouvelle fois.

Puis il baissa les paupières et profita des tout premiers instants de cette « nouvelle » vie.

La sonnerie d'un téléphone portable l'arracha à son ravissement.

Il trouva l'appareil branché à une prise de courant dans la cuisine.

— Vous êtes bien installé ? Il ne vous manque rien ? L'appartement est à votre convenance ? lui demanda une voix masculine très polie.

Liam n'eut pas le temps de répondre que l'inconnu l'avertissait qu'une voiture l'attendrait une heure plus tard au pied de l'immeuble.

5.

O'Connor était installé dans l'habitacle d'un Bell 525, un hélicoptère rutilant venu le chercher à Downtown, au sortir de la limousine qui l'avait conduit depuis son building. L'Irlandais, grisé, survolait les gratte-ciel de Manhattan. Après l'enivrement de l'appartement, il avait l'impression que cette ville immense lui appartenait déjà…

L'hélicoptère dessina un arc autour de la statue de la Liberté, puis piqua en direction de Long Island.

Un manoir d'une centaine de pièces dominait une plage de sable blanc le long de la Gold Coast, au nord de l'île, là où la haute société de New York cachait ses villas monumentales. L'appareil se posa au milieu d'un parc à la française et Liam fut conduit sur une terrasse surplombant une piscine. Un homme en peignoir bleu marine, attablé devant un service à thé, portait une casquette de tweed que Liam reconnut pour typiquement irlandaise. Un des serviteurs qui lui avançait une chaise lui demanda ce qu'il souhaitait boire, Liam répondit qu'il n'avait pas soif.

Davantage encore qu'au moment de pénétrer dans l'appartement luxueux de la Sixième Avenue, il se demandait ce qu'il faisait *là*…

« Que diable puis-je avoir à démêler avec un homme pareil ? »

… en tête à tête avec John Bateman.

— Vous êtes de Derry, n'est-ce pas ? lui demanda le patriarche.

— Oui, répondit le jeune homme. J'ai passé mon enfance à jouer sur la place où est érigée la statue de votre ancêtre.

Charles Bateman, surnommé l'« Américain », avait vécu une partie de sa jeunesse à Derry. John Bateman sourit. L'accent irlandais d'O'Connor l'emplissait d'aise.

— Vous êtes satisfait de votre installation à New York ?

— Je serais difficile ! Chez nous, j'allais de meublé en garni, le long du Bog… Je déménageais seulement pour changer de puces.

— Le *Bog*, oui…

John Bateman eut soudain l'air pensif. Liam observa le front soucieux de ce sexagénaire, son cou épais, ses mains lourdes, ses gestes lents pour porter sa tasse aux lèvres, son nez empâté. Une force inquiétante émanait de lui. Avec sa simple casquette molle en patchwork, il lui rappela certains bookmakers et dockers qu'il fréquentait à Derry. John Bateman leur ressemblait, à ceci près que, sous ses airs de charretier à la retraite, il appartenait au club très fermé des hommes les plus riches d'Amérique.

L'homme d'affaires demanda :

— Combien avez-vous assassiné d'hommes, Liam O'Connor ?

Le jeune Irlandais ne cilla pas. Ses yeux errèrent un moment des couverts en vermeil au service de porcelaine, mais il ne cherchait pas à esquiver.

— Très peu, répondit-il. Chaque fois que cela était possible, j'étais si « convaincant » auprès de certains que… c'était comme s'ils avaient perdu la vie pour de bon… Avec la peur au ventre, ils n'embêtaient plus ceux… enfin, ceux qui m'avaient engagé…

Bateman sourit. L'allure gothique de Liam, son long manteau, ses cheveux ramenés en catogan sur la nuque, son visage pâle lui donnaient un peu l'air d'un ado attardé, mais c'était certainement un personnage utile pour un homme qu'il devinait réservé, pas exceptionnellement vif, mais volontaire. Un garçon qui avait certainement l'intelligence moyenne qu'il prisait le plus : celle du parfait exécutant.

— Peu de morts, répéta John… Vous êtes attentif à ménager votre « paix d'âme », m'a-t-on dit. C'est pour cela que vous passez autant de temps dans les églises ?

Liam n'acquiesça pas.

— J'ai grandi dans la rue, dit-il. En Irlande du Nord, nous n'étions que les fils de nos pères, et nos pères se battaient beaucoup. Alors nous nous battions, nous aussi. Mon seul refuge, pour échapper aux raclées, c'était les églises. Cette habitude m'a suivi. J'y passe beaucoup de temps, en effet.

Bateman marqua son approbation. Il y eut un silence. Liam sentit le vent du large fraîchir. Il entendait aussi les turbines de l'hélicoptère qui continuaient à vrombir dans le parc.

— Pourquoi m'avez-vous fait venir en Amérique ? demanda-t-il soudain. Qu'attendez-vous de moi ?

Bateman fit ce qui ressemblait à un clin d'œil et répondit, en gaélique :

— *A seirbheis.*

Un « service ».

— Je voudrais que vous alliez en prison.

Pendant un instant, Liam crut avoir mal entendu. Il essaya cette fois de ne pas dévier son regard de celui de Bateman.

— En prison ?

— Oui.

— Comme détenu ?

— Oui.

L'Irlandais se recula sur la chaise. Il enfonça les poings dans les poches du manteau.

— Pour quel motif ?

— Meurtre. Au premier degré.

Il y eut de nouveau un long silence.

— Oui, je sais… fit le patriarche qui devinait les pensées du jeune homme.

Il reposa sa tasse sur le plateau d'argent.

— Mon plus proche collaborateur est incarcéré depuis deux mois à la prison de Dannemora, par la faute d'un ex-tueur à gages qui s'est laissé aller à trop de « confidences » dans un témoignage qui a profité au FBI. Je désire que vous soyez très vite condamné pour un crime que *vous n'aurez pas commis* et incarcéré dans la même prison que mon collaborateur. Pour le protéger.

Liam serra les mâchoires. Il ne s'attendait pas à accueillir une telle proposition à son arrivée en Amérique… Il sentit le froid du large le pénétrer jusqu'aux os.

— L'homme dont je vous entretiens, reprit John, en sait davantage sur mes affaires que moi-même. C'est le personnage clef de toute mon organisation. À l'heure où nous parlons, mes vrais ennemis ont sans doute eu la même idée que moi et vont faire incarcérer des hommes à eux pour l'approcher et essayer de le faire parler, avec des méthodes plus radicales que celles du FBI. À Dannemora, votre mission sera simple :

personne ne l'approche. Personne ne lui parle. Personne ne lui fait de mal. Mon homme purge une peine de réclusion de deux ans. Dès sa sortie, un élément opportun viendra casser votre condamnation pour assassinat, et vous sortirez de Dannemora innocenté et victime d'une « révoltante » erreur judiciaire.

John Bateman disait cela comme s'il exposait le programme d'une colonie de vacances. Liam repensait à la béatitude qu'il avait ressentie dans son fauteuil devant la cheminée de son salon. Il ne sut plus s'il rêvait alors, ou s'il rêvait maintenant.

— Pourquoi moi ? demanda-t-il.

— Parce que nous savons tous les deux que vous êtes l'homme de la situation. Vous avez visité votre appartement ? La voiture ? Le compte en banque ? Tout cela vous restera à votre sortie de prison. Assorti d'une prime généreuse, si la mission est accomplie. Vous serez alors libre de travailler pour moi ou de ne plus jamais entendre parler des Bateman. Si vous connaissez ma réputation, vous savez que je n'ai jamais failli à ma parole, Liam O'Connor.

Il fit signe à l'un de ses serviteurs qui attendait à l'autre bout de la terrasse.

— Veuillez servir à notre hôte un généreux verre d'Ardbeg, cuvée Corryvreckan.

Liam hocha la tête :

— Vous connaissez mon scotch favori. Qu'est-ce que vous savez sur moi qui pourrait encore me surprendre ?

Bateman sourit et dit :

— Je sais que vous avez déjà accepté mon offre…

6.

Depuis son arrivée en Amérique, Liam n'avait jamais essayé de rattraper le décalage horaire entre l'Ulster et New York. Aussi, quand, à cinq heures du matin, la police heurta à sa porte, était-il déjà habillé et rasé de près, terminant une cigarette dans son salon. Cinq agents, armes aux poings, se jetèrent sur lui et le plaquèrent au sol.

— Vous êtes accusé du meurtre d'un certain Daniel Kerbs, surnommé « Le Malédictin », lui révéla un jeune avocat qui l'attendait au poste de police. Disparu à la dernière Saint-Patrick, son corps n'a pas été retrouvé, mais la police de Philadelphie a identifié une voiture de location dans laquelle son téléphone portable ainsi qu'une forte concentration de traces ADN lui appartenant ont été collectés. Cette voiture a été louée à votre nom, la veille du jour de la disparition de la victime présumée. Comme vous vous en doutez, aux fins de faciliter la procédure, *nous allons plaider coupable.*

L'accusation et la défense s'entendirent au tribunal sur une durée de peine de vingt-cinq années non compressible. Quand la juge, à la solde de John Bateman, et le procureur demandèrent à Liam de détailler ses motivations et d'élucider l'endroit où le corps de la victime pourrait être retrouvé, son avocat allégua d'un choc traumatique sévère et de l'amnésie complète de son client. Un rapport d'expertise psychologique, providentiel et très détaillé, avait déjà été établi. Quelques heures seulement après son entrée au palais de justice, Liam O'Connor était jeté dans un fourgon pénitentiaire à destination de la prison de Dannemora, située à trois cent vingt miles au nord de Manhattan.

Un plan apparemment suivi sans accros.

Liam était étourdi par la facilité, la rapidité et le succès du procédé.

Assis près de la fenêtre grillagée, les chevilles et les poignets menottés, il regardait la campagne new-yorkaise défiler sous ses yeux. Le ciel était menaçant. Le vieux moteur au diesel du fourgon avait remplacé le grondement puissant et excitant de l'hélicoptère de John…

Liam serra les poings et les mâchoires.

Les Bateman étaient la plus ancienne famille irlandaise des États-Unis. Beaucoup de légendes circulaient à leur sujet. Liam se rappelait ce qu'il entendait raconter, enfant, au sujet de leur richesse et de leur toute-puissance :

« Mettez un ouvrier dans une cave et faites-lui refaire en secret votre serrure. Avant que la serrure soit finie, les Bateman en auront la clef… »

C'était irréfutable : un Bateman parvenait toujours à ses fins.

Les Muir

1.

Il pleuvait à torrents à l'est de Londres, sur le port industriel de Tilbury. Le ciel était si bas qu'on ne distinguait plus rien : ni le sommet des hangars ni la crête des grues qui servaient à décharger les containers des cargos géants. Les eaux de la Tamise et le revêtement des quais se confondaient sous les mêmes éclaboussements. Ce n'était pas un temps à « mettre la *gentry* dehors »... Et pourtant, on n'avait pas vu pareille effervescence à Tiibury depuis des décennies...

La *London Gazette* avait publié :

Le baptême du plus grand cargo au monde se tiendra ce 28 mai au matin. Un navire conçu pour embarquer plus de vingt mille containers de marchandise, cent quatre-vingt-dix mille tonnes de port en lourd, quatre cents mètres de long, soixante mètres de large, pour un tirant d'eau de seize mètres !

Le journal ajoutait :

L'éclat de cet événement national (le géant des mers bat pavillon britannique !) promet d'être rehaussé par la présence d'un membre de la famille royale, du maire de

Londres, du chancelier de l'Échiquier naval, du secrétaire d'État à l'Énergie et à la Stratégie industrielle, etc.

Une foule de passionnés avait déferlé sur le port de Tilbury ce 28 mai. Les journalistes et les cameramen étaient nombreux. Des milliers de personnes se pressaient pour admirer, sous des trombes d'eau, le déjà célèbre *Rappahannok II*.

L'homme du jour se nommait Conrad Muir. Il descendait d'une longue dynastie d'armateurs et de politiciens qui avaient fait fortune au Royaume-Uni depuis le temps reculé du règne de la reine Anne. Sa jeunesse avait d'abord été relayée par la presse à scandale des années 1970. Conrad avait passé ses plus belles années à voyager, à piloter des voitures de sport, à sabler le champagne dans des clubs privés et à faire des cocus. Sa vie se résumait à celle d'un lovelace sémillant doté de moyens illimités… Mais à quarante ans, l'enfant terrible enterra brusquement sa vie de jet-setter et se mit au service de la MSC familiale : la Muir Ship Company. Son père n'avait pu empêcher le déclin du groupe, Conrad se révéla d'une ténacité et d'un appétit de travail qui surprirent ceux qui l'avaient connu à Buzios et au Club 55. En vingt ans, il redressa la MSC jusqu'au premier rang du transport mondial conteneurisé et le baptême de l'immense *Rappahannok II* (nommé en l'honneur du premier vaisseau qui avait inauguré la flotte des Muir en 1690) marquait aujourd'hui l'apothéose de sa carrière. Il paradait sur le quai de Tilbury, indifférent à la pluie, accueillant ses hôtes de marque, ses plus gros clients et ses amis.

Michael Monroe assistait à l'agitation générale en souriant :

— Regardez-les avec leurs costumes de Savile Row et leurs robes de couturiers français. La pluie va les rincer ! Encore un bon coup de chien, et ils finiront dans la Tamise.

Il travaillait à Tilbury depuis plusieurs années. Docker au *Grain Terminal*, il avait été réquisitionné, avec d'autres collègues, pour encadrer la cérémonie de baptême de la MSC et renforcer la sécurité.

— Une bourrasque de plus et c'est vous qui irez finir dans le fleuve !

C'était la voix du contremaître qui venait d'entrer dans l'Algeco où quelques débardeurs et techniciens se réchauffaient autour d'une cafetière.

— Tout le monde à son poste. La royauté est annoncée !

Michael renfila ses gants et releva sa capuche. Il marcha sur le quai principal de Tilbury, le long du *Rappahannok II.* Avec sa gigantesque carène noire et ses superstructures blanc et rouge, au-delà de son gabarit hors norme, le nouveau navire était aussi le plus élégant des cargos au monde. Quand Michael l'avait vu s'amarrer, tout juste sorti du chantier, il n'en avait pas cru ses yeux.

Il devait participer à un cordon de sûreté devant la tribune des invités. Il trouva sa place, guidé par les ordres des chefs de sécurité. Face à la tribune officielle, il devait s'assurer que personne ne descende ni n'approche des bords du quai. Des molosses professionnels s'occupaient de veiller sur le pupitre d'où seraient prononcés les discours.

Michael scruta les invités disposés en rangs. La pluie ruisselait le long de leurs habits et de leurs mines renfrognées. Seuls les photographes et les cameramen avaient été autorisés à ouvrir des parapluies. Michael sentit un cortège s'arrêter dans son dos. Un membre de la famille royale arrivait. Tous les regards de la tribune se tournèrent en même temps dans sa direction. Comme happés par la curiosité.

Tous.

Sauf un.

Elle ne portait rien sur la tête pour se protéger de la pluie. Elle contemplait le sommet du *Rappahannok II*, le regard fixé sur ses quarante mètres de hauteur de containers empilés, indifférente à ce qui se passait autour d'elle. Son voisin lui murmura un mot à l'oreille : elle l'ignora. Elle devait avoir la trentaine, grande, blonde, les cheveux longs, collés sur son front. Mais c'était son air frondeur, libre, qui intriguait Michael. Il la sentait hardie, sagace, très différente du reste du public. Elle était placée le long de la rangée d'honneur de la tribune, celle des administrateurs de la MSC.

Le cordon de sécurité d'une douzaine d'hommes auquel Michael appartenait devait à présent se retourner en direction du cargo, qui allait être baptisé. Sur ordre, tous les dockers pivotèrent ensemble. Comme des automates.

Tous.

Sauf un.

La femme du gradin aperçut Michael. Elle resta un moment à essayer de retenir un éclat de rire, qui finit par fuser, agréablement sonore.

Michael avait à peine vingt-cinq ans. Grand et brun, il paraissait tout droit sorti d'un film policier de Howard Hawks. Le rideau de pluie rappelait le noir et blanc des vieux longs métrages. Impossible de décider, au premier regard, s'il était né pour interpréter les truands ou les amoureux bondissants des *screwballs* de l'âge d'or d'Hollywood.

Il n'eut pas le temps de réagir à l'éclat de rire de l'inconnue, son voisin lui décocha un coup de coude et il se retourna au moment où le magnum de champagne, projeté par le prince, se brisait contre la coque du *Rappahannok II*.

Après les applaudissements, on annonça que la visite du bateau allait débuter. Quand Michael se retourna, les gradins se dégarnissaient déjà, la pluie chassant les invités, et il ne retrouva nulle part la jeune femme.

Tout était allé trop vite.

— Qui était le beau monde sur les premiers rangs devant nous ? demanda-t-il de retour dans l'Algeco.

— C'était la famille Muir. Ils ont de quoi pavaner aujourd'hui. Déplacer le prince William ! Tout le pays va parler de nous.

En effet, les images du baptême défilaient déjà sur les chaînes d'infos. Les dockers s'esclaffaient en essayant de se reconnaître sur le petit écran. Michael, lui, fixait le poste en espérant revoir la femme qui lui avait fait face. Il essayait de se remémorer le moindre de ses traits et de ses mimiques, déjà inquiet de les oublier.

La cérémonie touchait à sa fin. Michael rangea ses affaires, souhaitant que la pluie et le vent faiblissent pour rentrer chez lui, dans son petit studio de Chadwell, mais une alerte de sécurité résonna depuis le quai. On avertit qu'un des invités de la cérémonie s'était perdu lors de la visite du *Rappahannok II*. Michael et ses collègues étaient réquisitionnés pour prêter main-forte à l'équipage et fouiller le cargo. Alors que cette annonce était accueillie froidement dans la cafétéria, Michael se précipita : il était certain que c'était la femme aperçue plus tôt qui avait dû s'arracher au pensum interminable des circuits guidés du bateau.

Et il était sûr de deviner où elle pouvait s'être cachée.

C'était un peu moins que de la vision, c'était une intuition nette, extrêmement vivace.

Il gravit la passerelle de l'équipage.

Le *Rappahannok II* embarquait plus de vingt mille containers de douze mètres de long, des escaliers et des coursives permettaient de circuler entre ces immeubles d'acier empilé. Michael se hissa le long du labyrinthe vertical jusqu'à l'étage le plus élevé.

C'est là qu'il retrouva la femme de la tribune, en plein vent, penchée sur un rebord, à plus de quarante mètres de la Tamise.

— Tout le monde vous cherche, lui cria-t-il après s'être approché.

Elle se retourna et sourit.

— Mais c'est vous qui m'avez retrouvée… Je vous reconnais…

Elle désigna la Tamise.

— On est à combien d'ici ?

— Plus de quarante mètres.

— Si je saute, vous viendriez me sauver ?

Il lui saisit la main.

— Si vous plongez, c'est vous qui devrez me sauver. Je nage comme une pierre.

Le sourire de la femme s'effaça.

— J'ai horreur de la flotte… Vous pouvez lâcher ma main.

Elle recula.

— Il appareille quand votre rafiot ?

— *Mon* rafiot ?… Il ne part pas avant un mois ou deux.

— Pour où ?

— Il va boucler un premier tour du monde d'inauguration. Afin de rassurer les clients sur ses performances. Après, il fera la navette entre Londres et Singapour, *via* Panama.

Elle considéra l'aval de la Tamise, en direction de la Manche.

Dès le premier coup d'œil, ce que Michael avait deviné sur le quai se confirma à deux pas de son visage : elle était très jolie. Droite et mince, de taille moyenne, avec des traits fins et réguliers, et une physionomie qu'il soupçonnait vive et changeante.

— Ça navigue combien de temps un navire comme celui-là ? demanda-t-elle.

— Trente à quarante ans.

Elle hocha la tête.

— Il sera à mettre à la casse en même temps que moi…

Michael recouvrit ses épaules avec sa chaude parka de docker, qu'il referma jusqu'au cou.

— Vous êtes gentil, dit-elle.

Il lui alluma une cigarette avec son briquet-tempête. À regarder ses lèvres pincer la Pall Mall, il lui trouva quelque chose de souverain et d'extrêmement sensuel.

— Vous allez partir avec ce bateau autour du monde ? fit-elle.

— Non. Je travaille sur les docks. Je reste à quai, moi.

— Ça doit être frustrant ?

— On s'habitue à tout.

— Oui ?… Moi, je ne m'habitue à rien…

Michael se dit que si elle avait vraiment voulu se jeter du haut du *Rappahannok II* dans la Tamise, elle n'aurait pas hésité un instant.

Son talkie-walkie se mit à grésiller. Le chef attendait des infos de son équipe.

Michael porta l'appareil à ses lèvres et dit :

— C'est bon. Je l'ai retrouvée.

2.

Elle sauta.

Les journaux firent leurs unes le lendemain sur sa chute dans la Tamise.

> *Un docker plonge du haut du* Rappahannok II *pour sauver Jennifer Muir de la noyade.*

Pour les médias, la cérémonie de baptême du grand port de Tilbury, la présence d'un héritier de la couronne et le cargo géant étaient relégués au second plan. Un tel acte, lors d'une telle circonstance et par une telle personne, c'était une aubaine et un sujet de stupeur pour la presse et le public.

Michael Monroe se réveilla au Gravesham Community Hospital, quatre jours après l'événement de Tilbury. Il ouvrit les yeux seul dans une chambre blanche, les rideaux tirés, cerné de perfusions et de machines d'assistance respiratoire. Il se sentit nu sous un drap fin et frissonna. Il risqua un mouvement du bras gauche : une alarme se déclencha et deux infirmières apparurent dans la chambre.

Michael était d'abord convaincu qu'il ne se souvenait de rien. Il se sentait l'esprit vide. Mais les souvenirs affluèrent peu à peu : ce fut d'abord la mémoire d'une odeur pestilentielle de kérosène, celle du bateau-remorqueur qui était venu à leur rescousse…

Puis il se dit :

« Je serrais cette femme entre mes bras…

« L'eau était glacée…

« Mes gants étaient gorgés de flotte…

« Je me souviens de sa beauté au milieu de la tribune des invités, sous le déluge… »

D'elle, il se souvenait parfaitement : ses yeux, ses cheveux trempés, son air amusé lorsqu'ils s'étaient regardés… Enfin leur échange au sommet du *Rappahannok II.* Puis la vision d'horreur de cette femme bondissant dans le vide.

Quand elle avait basculé sous ses yeux, il avait sauté presque en même temps, réflexe où l'on voit le caractère d'un homme se modifier souvent en une fraction de seconde. En disparaissant vers la Tamise, il avait eu l'impression qu'elle s'était « arrachée » à lui. Il ne se souvenait plus de sa chute, mais se revoyait l'étreignant à la surface du fleuve, se répétant : « Si elle meurt, je meurs, si elle meurt, je meurs… »

Deux médecins entrèrent dans la chambre.

— On peut dire que votre réveil était attendu.

Michael ne les écouta pas, il essayait de remuer ses membres, pour se rassurer. Par petites touches. Curieusement, il avait peur qu'on surprenne ce « petit jeu »…

Il n'attrapa qu'une phrase prononcée par le plus jeune des médecins :

— Elle est vivante, monsieur Monroe.

Pour le pays, Michael était un héros. Toutes les rédactions de Fleet Street espéraient pouvoir publier sa première interview. Michael Monroe demeurait une énigme pour le public, il n'avait ni famille ni proche à traîner devant les caméras. Orphelin de père et de mère à dix ans, il avait été pris en charge par les services sociaux. Une journaliste du *Guardian* réussit à s'emparer de son dossier archivé à l'orphelinat de Whatford.

Il était né en Amérique, de mère anglaise, mais vivait à Londres depuis sa première année. Ses parents et son frère aîné avaient disparu dans un accident de voiture. Sans aucune parenté pour le recueillir, Michael avait été placé dans un programme de préadoption chez un couple de pharmaciens de Brighton. Le rapport des pédopsychologues le disait très marqué par la disparition de sa famille, frappé d'une mélancolie excessive, d'une méfiance irritable et d'une incapacité à se projeter dans l'avenir, mais il était déclaré totalement inoffensif. Pourtant, après quelques mois à Brighton, le jeune Michael fut reconnu coupable de vol et de recel.

— Il puisait dans le stock de médicaments de la pharmacie de ses parents adoptifs, expliqua la journaliste du *Guardian,* afin de revendre des opiacés à un couple de marginaux qui vivaient non loin de l'enseigne. Ses parents incitèrent le tribunal à la clémence, mais le garçon a recommencé son trafic avec d'autres malfrats de Brighton. Quand, au moment de l'inventaire annuel, il comprit qu'il allait une nouvelle fois être découvert, il choisit de mettre le feu à l'officine pour effacer la preuve de ses vols. La concentration et la combinaison des produits chimiques dans le local ont enflammé toute la pharmacie, puis l'immeuble…

C'en était trop pour sa famille d'accueil. Elle abandonna l'enfant. Michael Monroe comparut une seconde fois devant le tribunal des mineurs de Balham et fut condamné à sept ans à Cockham Wood, un centre fermé pour la délinquance juvénile.

Depuis Charles Dickens, on sait qu'il ne fait pas toujours bon être un enfant en Grande-Bretagne. Proportionnellement, aucun pays d'Occident ne détenait plus d'enfants sous les verrous que le Royaume-Uni. L'âge de la majorité pénale y était de dix ans et un nouveau concept politique, notoirement électoral, la « Tolérance zéro », avait doublé, dans les années 1990, le nombre de détenus de moins de dix-huit ans dans les prisons et les centres communautaires fermés du pays. Cockham Wood était l'un des plus mal notés. Parmi ses prisonniers se trouvaient les enfants de huit à seize ans, des enfants qui avaient tué d'autres enfants, des enfants qui avaient tué leurs parents, qui avaient torturé de plus petits qu'eux, des enfants drogués, abusés… L'administration de Cockham fut plusieurs fois rappelée à l'ordre, au titre de l'article 44 du *Children and Young Persons Act* de 1933 qui inscrivait dans la loi le bien-être et la sécurité de tout mineur qui purge une peine d'enfermement.

Le père biologique de Michael, Jack Monroe, agent immobilier, était à la tête d'une famille heureuse, il ne présentait que de gros problèmes financiers, mais les témoins s'accordaient pour dire que, au moment du drame, ces ennuis paraissaient derrière lui. Il venait de régler l'ensemble de ses dettes, dont celles de son bailleur et ses arriérés d'impôts, et il parlait de déménager dans un appartement plus vaste que leur deux-pièces de Chelsea. Puis survint le carambolage sur le London Orbital… Une vitesse excessive pour des plaquettes de frein trop usées… Ce matin-là, Michael participait avec sa classe à une sortie scolaire…

Ce qui intriguait le public, c'était que, malgré les efforts des services sociaux, il avait été impossible de retrouver un parent pour héberger le jeune Monroe.

Ni du côté du père ni du côté de la mère. Ni de l'autre côté de l'Atlantique.

Cette solitude n'émut pas le juge de Balham qui eut la main lourde quant à la condamnation du garçon.

La presse et le public anglo-saxon n'aimaient rien tant que les histoires de rédemption. Le profil de Michael Monroe était en cela exemplaire : une enfance malheureuse, mal engagée dans la délinquance et une renaissance héroïque.

— Votre chute dans la Tamise aurait dû vous tuer sur le coup, dit à Michael l'un des médecins du Gravesham Hospital. C'est un miracle que vous vous en soyez tiré avec seulement quelques fractures et un poumon perforé.

— Et elle? demanda Michael d'une voix faible. Comment est-elle?

— C'est votre parka de docker qui l'a sauvée. Gonflée d'air, elle l'a remontée à la surface.

— Elle s'en tire aussi avec des fractures mineures, dit l'autre médecin.

— Voilà encore un autre miracle, reprit le premier. Ça n'arrive pas deux fois dans une vie…

— Merci, messieurs.

Hormis son contremaître et un ami de Tilbury, personne ne vint rendre visite à Michael. Le personnel de l'hôpital essayait par tous les moyens de déjouer les tentatives des journalistes qui voulaient l'approcher. De son côté, il découvrit, grâce à Internet, *qui* il avait vraiment soustrait à la noyade.

Jennifer Muir était la jeune épouse du magnat Conrad Muir qui possédait le *Rappahannok II.*

Jennifer Muir…

Jenny…

Muir…

Un temps mannequin et chanteuse, elle était sortie de l'anonymat à l'occasion de son mariage avec le richissime armateur anglais, trois ans auparavant. Michael rechercha sur un ordinateur portable les articles et les reportages qui traitaient d'elle, de ses débuts de chanteuse jusqu'à sa reconversion éphémère dans des cours de Pilates. Mais c'était sa vie aux côtés de Conrad qui suscitait le plus d'images et de commentaires. On voyait Jennifer aux cocktails huppés, aux mariages princiers, aux premières du West End, aux courses, aux commémorations… Elle y promenait toujours ce regard et ce sourire décalés qui avaient frappé Michael sur le quai du *Rappahannok II*. Moulée dans des robes de haute couture et cernée par de nobles rombières, Jenny Muir « détonnait ». Non comme une jeune fille devenue trop rapidement princesse, mais comme une femme qui s'interdisait d'être la dupe du monde qu'elle fréquentait.

Conrad avait longtemps été un milliardaire au célibat revendiqué. Quand, à soixante ans, son conseil d'administration lui avait suggéré de fonder une famille, il avait repoussé tous les partis trop attendus de son milieu et demanda seulement qui était la plus belle femme du royaume…

Passé les beautés connues de tous, le nom de Jenny ne fut jamais prononcé. Il reformula alors sa question : « Quelle est la plus belle Anglaise *que personne ne connaît* ? »

Il demandait cela à l'un de ses vieux amis, attablé devant un scotch au bar du Savoy. Une jeune blonde entra au même moment par la porte à tambour de l'hôtel.

L'ami de Conrad la vit et dit spontanément, des étoiles dans les yeux :

— Ça pourrait être elle, non ?

— C'est exactement elle, s'exclama Conrad.

Habillée de rouge de la tête aux pieds, elle venait pour rencontrer un directeur de casting londonien. Elle ne sut jamais si ce rendez-vous était pour un film, une pièce de théâtre ou la simple tentative de coucherie d'un sale type : Conrad Muir l'avait arrêtée sur son passage à l'aide d'un mot d'esprit.

Il la fit rire. Elle s'arrêta. Ils se regardèrent.

— Dites-moi, fit-il encore : on prétend que la colère chez les hommes s'échappe par la violence et que la colère chez les femmes s'échappe par la bêtise, qu'en pensez-vous ? Moi je prétends que c'est une affaire d'éducation, et non de sexe.

Il avait trente-cinq ans de plus qu'elle.

Et elle, plusieurs milliards de moins que lui…

3.

La famille Muir occupait une immense bâtisse londonienne à Roderick Park.

Bâti sur trois niveaux, flanqué de deux ailes proéminentes, le palais avait une façade de briques rouges à fenêtres blanches, surplombant un large parvis. Tout respirait le luxe et l'Histoire. Seul, devant une telle façade, on pouvait se sentir aussi bien un homme de 1707 au moment de l'Acte d'Union, de 1815 au moment de Waterloo ou de 1940 au moment du Blitz…

Michael Monroe entra par le large portail en bois peint, assis dans une berline. Il avait aperçu peu avant une imposante statue de bronze dans un square d'enfants : c'était celle d'Augustus Muir, le fondateur de la lignée.

Des photographes attendaient devant l'entrée de Roderick Park. Tout le monde se doutait qu'une entrevue entre les Muir et Michael Monroe devrait se tenir, à présent que les rescapés avaient quitté leurs hôpitaux. Une alerte fut lancée le matin après avoir aperçu une voiture de la MSC prendre Michael chez lui.

En sentant le gravier fin de Roderick Park crisser sous ses semelles, le jeune docker se dit qu'une photo méritérait, en effet, d'immortaliser le gouffre qui le séparait de la famille Muir.

Dans le hall d'entrée, il aperçut la salle des banquets du palais, vaste comme une cour d'honneur, marquetée à la française et illuminée d'immenses lustres, aujourd'hui électrifiés. À l'étage, dans l'antichambre du cabinet de travail de Conrad Muir, il n'osa pas s'asseoir sur les fauteuils tant leurs tissus lui paraissaient précieux.

De l'autre côté de la porte capitonnée, Conrad et Jennifer se querellaient.

— Comment as-tu pu me faire cela ?... répétait pour la énième fois le mari, qui ne digérait toujours pas le scandale de Tilbury. Un suicide ?... Comme si tu n'avais pas déjà tout ce que tu voulais !... Tu es malheureuse ?... C'est cela ?... Le malheur, c'est un choix, ma chérie ! Ça se décide ! Ça s'invente même !... Que diraient toutes ces femmes qui ne peuvent pas imaginer d'avoir un millième de ta vie !... Et me faire cela un jour pareil !... À l'heure de l'inauguration !... Devant le prince !... Quel scandale absurde !... D'ailleurs, je me demande bien ce que ce Monroe faisait à tes côtés !... Il aurait mieux valu que tu piques comme une pierre au fond de la Tamise...

Jennifer le regardait fixement, en silence. C'était son jeune vieil époux. Toujours trop lointain. Trop égoïste. Trop écrasant. Les sexagénaires qui ont connu une jeunesse endiablée voient quelquefois leurs réflexes de grands noceurs et de galants leur revenir avec l'âge, et cela suffit pour leur redonner du charme. C'était ce qui avait séduit Jennifer chez Conrad... Mais cela n'avait pas duré. Conrad ne pensait qu'à lui. Il avait concédé quelques efforts au début de leur union : Jennifer aimait les voyages, il l'avait emmenée en Asie et en Amérique du Sud, mais cela avait toujours été pour retourner dans des palaces où il était allé, trente ou quarante ans auparavant, avec d'autres femmes. Conrad conservait quelque chose de fascinant, mais seulement quand il revenait sur ses souvenirs. À l'évocation de ses exploits de jeunesse, Jenny avait l'impression qu'il parlait d'un parent éloigné ou d'un ami perdu de vue depuis longtemps... D'un type plein de panache, mais mort... Aujourd'hui, elle ne supportait plus les yeux de la haute société sur elle. Elle qui avait toujours vécu pour qu'on la regarde ne pouvait plus se voir en femme-objet.

Elle savait que Conrad attendait d'elle un enfant. Elle savait aussi qu'un héritier assurerait son avenir.

Elle avait préféré sauter.

Conrad consulta sa montre. Michael Monroe devait être arrivé. Il pressa un bouton pour qu'on avertisse l'hôte qu'il pouvait entrer.

— À quoi te servent-ils, tous tes milliards ? lui demanda soudain Jennifer, d'une voix haineuse. Hein ?... Tu ne vaux *rien*, Conrad.

Michael entra sur cette dernière phrase.

Il était trop impressionné pour prêter attention à l'air électrique qui flottait autour de lui. Le vaste bureau de Conrad Muir le subjuguait, ce même bureau qui avait été celui des chefs de la famille depuis Augustus. Il se sentit écrasé par les portraits en pied d'ancêtres accrochés aux murs et par les lourds rayons de volumes de la bibliothèque.

Un sourire chassa immédiatement l'air contrarié du visage de Conrad :

— Monsieur Monroe !

Jamais personne ne parlait à Michael en lui donnant du « Monsieur ».

— J'attendais depuis longtemps le moment de pouvoir vous remercier.

L'homme d'affaires serra vigoureusement ses épaules.

— Je vous dois la vie de l'être qui m'est le plus cher au monde, monsieur Monroe. Les mots manqueront toujours pour vous exprimer ma reconnaissance. Ce que vous avez fait, qui peut prétendre qu'il l'aurait osé ? Il les regarda, Jenny et lui, et leur dit :

— Dieu veillait, sinon ni l'un ni l'autre n'en aurait réchappé. Mais la main de Dieu, ce jour-là, c'était *vous*, Michael Monroe !

Le jeune docker était de ceux qui ont le compliment honteux : la rougeur lui montait au front sitôt qu'on disait du bien de lui.

— Merci, monsieur…

Jennifer et Michael ne s'étaient encore ni vus ni parlé depuis leur conversation au sommet du *Rappahannok II.* Même s'ils avaient souvent pensé à ce qu'ils pourraient se déclarer au moment de se revoir, à l'instant même, ils n'osaient rien se dire. Ce qu'ils avaient vécu ensemble, sans se connaître, était encore trop profond et trop incommunicable.

Conrad interprétait à merveille le rôle du mari reconnaissant, de l'homme touché au cœur. Il se lança dans des analyses sur la dangerosité de leur double saut dans la Tamise, sur leurs maigres chances de survie, il parla de la chute des corps, de mécanique des fluides… Ni Michael ni Jenny ne suivaient ses raisonnements.

Conrad acheva son laïus par un sincère cri du cœur :

— Demandez-moi ce que vous voulez, Monroe !

L'offre généreuse demeura sans réponse. Michael était embarrassé devant tant de sollicitude. Conrad se dit qu'il était l'heure que les rescapés se parlent et surtout, indispensable, que Jennifer remercie, elle-même, son sauveur. Pour sa part, il avait les informations nécessaires sur ce garçon qui travaillait pour l'une de ses filiales du *Grain Terminal,* et déclara qu'il saurait se montrer généreux.

— J'ai demandé à un photographe de venir immortaliser cette scène, dit-il. Un portrait de nous sera du meilleur effet dans la communication du groupe !

Il comptait faire envoyer la photo à ses dizaines de milliers d'employés. Il sortit sans s'excuser ni refermer la porte.

Jennifer et Michael restèrent encore un moment silencieux. Ils se regardaient à peine. On entendait la voix de Conrad au loin et le tintement de l'horloge du bureau.

— Je vous sers une tasse de thé ? demanda la jeune femme.

Michael acquiesça.

Il suivit ses mains et ses doigts glisser sur l'argenterie. Lui était sous la fascination de cette femme découverte au pied du *Rappahannok II.* Elle, depuis l'hôpital, ne cessait de penser à son sauveur et à son sacrifice, qui lui paraissait fou. Il la remercia en prenant sa tasse. Elle baissa la tête.

Le moindre geste, la moindre modulation dans le souffle, un sourire, tout entre eux était un signe. Un rien les pétrifiait.

Ici, Jennifer n'avait plus envie de lui parler, mais de le serrer entre ses bras. Elle se dit qu'il n'y avait pas que les timides pour connaître la vraie palette du sentiment amoureux. « Les audacieux, avec leurs mauvaises manières, gâtent toujours le plus beau… »

« Je suis orphelin, racontait Michael quand on abordait ce sujet devant lui. Chez les enfants comme nous, il en est qui cherchent à combler, à tout prix, le vide laissé par leurs parents. Ils aiment à la première chance… à la première attention… Ils n'aiment pas d'ailleurs : ils s'amourachent. »

Il s'empressait d'ajouter :

« Je ne leur ressemble pas. »

Depuis ses dix ans et la mort de sa famille, puisque l'amour s'était révélé propre à disparaître d'un coup, il se braquait sitôt qu'il sentait naître chez lui le moindre sentiment. Il le réprimait, décidé à ne plus aimer personne. *Jamais*. Il se retenait même de regretter les siens. « Heureusement que je suis mort intérieurement… avait-il fini par se dire. Je ne souffre plus parce que je ne sens plus… » Il restait vigilant. Dans le moindre commencement, il devinait la fin. Derrière toutes les joies offertes, il redoutait les peines qui leur succéderaient. Il voyait partout, et chez tout le monde, une promesse de chagrin…

Pourtant, avec cette Jennifer Muir, c'était inattendu et complètement différent. Pourquoi ne ressentait-il pas l'envie de la fuir, d'échapper à son attraction ? L'évocation seule de son prénom le troublait, faisait vibrer des sensations inconnues qui l'impressionnaient, et qui duraient. Tout lui semblait anormalement extrême dans leur rapprochement.

Jennifer vivait exactement la même impression.

Une femme qu'on sait inatteignable (une Muir !), c'est comme une déesse.

Un homme qui s'est montré héroïque (Tilbury !), c'est comme un dieu.

Il est un temps, en amour, où l'on n'y voit plus clair, mais où tout ce que l'on voit est beau.

Conrad rentra dans la pièce avec son photographe. L'étincelle dans le regard de Jennifer et de Michael s'éclipsa, l'espace d'un instant, derrière les flashs de l'appareil.

*

Michael était fou amoureux.

— Ça n'a pas de sens…

C'était son ami Rick, collègue de Tilbury, qui commentait son obsession subite et inconsidérée pour Jenny Muir. Les deux jeunes hommes se connaissaient depuis leurs années d'orphelinat dans le Surrey. Les parents de Rick, d'origine française, l'avaient abandonné. C'était lui qui avait fait engager Michael au port à sa sortie de Cockham Wood. Tous les deux se trouvaient en ce moment à Hockley-in-the-Hole, dans un bâtiment de bois circulaire qui avait autrefois accueilli des combats d'ours et de chiens, et qui servait aujourd'hui aux tournois clandestins de MMA. Ils assistaient à un duel d'une violence inouïe.

— Tu n'es rien pour cette fille, reprit Rick. C'est une Muir ! Qu'espères-tu ?

Michael n'en avait aucune idée.

— Rien.

Cela l'indifférait.

— Je m'en fiche.

Il était amoureux.

— Elle me plaît.

Rick était inquiet.

— Il y a des bateaux qui appareillent tous les jours de Tilbury pour faire le tour du monde. Embarque-toi, Monroe ! Rien ne vaut les voyages : tu reviendras guéri.

Michael n'écoutait pas.

— Je n'ai rien contre les amours impossibles, dit-il un peu plus tard. Après tout, elles ne trompent jamais.

Un combattant tomba raide au sol devant eux, après un coup porté au visage. On l'évacua en urgence de l'octogone.

— J'écrirai des lettres… Comme dans le passé !… Je lui dirai que je surmonterai tous les obstacles pour elle, toutes les contraintes, les déceptions, les reports et les retards qui vont avec l'amour…

Un autre combat reprit presque aussitôt sur la piste, sous les cris hystériques de la foule.

— Je lui dirai qu'elle est la seule femme au monde. Comme la première femme pour le premier homme !… Qu'elle est la flamme qui illumine des coins de mon cœur qui n'avaient JAMAIS connu d'éclats… Toute ma vie, l'amour n'a été qu'un mot et je ne le savais pas ! Ce n'est pas une renaissance, Rick, c'est une *naissance* ! Je lui dirai…

— Tu ne lui diras rien, le coupa son ami avec le plus de gentillesse possible. Car tu ne la reverras jamais.

Après avoir repris du service au port, et en attendant une promotion que son chef lui disait prête à tomber de « très haut », c'est-à-dire de Conrad, Michael rentrait chez lui, chaque soir, depuis Tilbury, suivant à pied un chemin sans surprise, qu'il avalerait les yeux fermés au besoin, en moins d'une heure.

Sans surprise ?

Ce soir-là, il *la* devina, avant même de *la* reconnaître… Elle portait un jean clair et une veste en daim, avec un large ruban coloré dans les cheveux, appuyée de trois quarts dos, l'épaule contre le chambranle de la porte de son immeuble.

Elle non plus ne pouvait l'avoir vu arriver. Et pourtant, comme mue par un pressentiment, elle se retourna juste avant qu'il n'arrive à sa hauteur.

— Je vous invite à boire un verre ? lui demanda-t-il.

— OK.

— Je connais un pub, pas loin.

Elle leva les yeux vers l'immeuble de Michael.

— Parce qu'il n'y a rien à boire chez vous ?

Le jeune homme, presque foudroyé, ne trouva rien à répondre.

Il ouvrit du talon la porte du hall.

En haut de l'ascenseur, ils se tutoyaient. Passé la porte de chez lui, ils s'embrassaient. Arrivés dans la chambre, ils étaient nus…

4.

Jenny et Michael se voyaient aussi souvent que possible. L'épouse de Conrad Muir guettait toutes les occasions de fuir le manoir conjugal pour rejoindre son amant.

— Est-ce qu'on va tomber très amoureux, Jennifer Muir ?

— Qui sait ? On ne connaît pas la fin, Michael Monroe.

Mais les journalistes n'étaient jamais loin.

— On court de grands risques. Ils se jetteront sur nous s'ils s'apprennent que les « rescapés de la Tamise » ont noué une idylle !

— Cela va faire un énorme scandale…

— Quel amour véritable n'est pas scandaleux ?

— Tu m'aimes ?

— Je t'adore !

Était-ce le danger ? La soudaineté ? Une attraction qu'il ne leur appartenait pas de nommer ? Ils faisaient l'amour dans des états de transe, expérimentant toujours des délices de plus en plus interdites. Quelque chose s'était noué au cours de leur corps-à-corps dans les eaux froides de Tilbury. L'urgence faisait partie de leur couple. La mort aussi. Ils en parlaient, d'elle et de l'autre vie, comme d'une compagne, sur l'oreiller, quand d'autres parlent d'enfants ou de mariage.

Ils s'autorisaient tout.

— Ouvre cette porte. Sans savoir où aller, je te suivrai. N'importe où !

— Avoir du courage à deux, c'est passionnant.

— Quand on a la chance d'un amour aussi pur, il ne faut jamais se faire du mal. La moindre blessure tue…

Il semblait à Michael qu'en aimant pour la première fois il aimait mieux. Il se louait d'avoir refréné ses sentiments jusqu'à cette rencontre, y compris à l'adolescence où les passions sont les plus brûlantes…

— Quand on aime comme ça, on n'est plus un homme comme les autres.

— Dis-moi encore ce que tu serais prêt à faire pour moi !

— Tout.

— Seulement ?

Et ils riaient comme on rit depuis qu'entre un homme et une femme, aimer, c'était aussi promettre.

N'était Conrad Muir, leur bonheur aurait été sans tache.

Plusieurs fois, aux alentours du studio de Michael, Jenny et lui avaient craint de s'être déjà fait repérer par la presse à scandale.

— Il faut décider quelque chose. On ne peut plus reculer. Je vais aller parler à ton mari.

— Conrad ne comprendra pas.

— Il ne comprendra pas mieux s'il l'apprend par les médias.

— Plus tard… Attends encore un peu… J'ai l'impression que dès que les autres sauront… ce ne sera plus la même chose. J'ai peur.

— Je suis là.

— Conrad est capable de tout.

— Moi aussi.

Une semaine plus tard, il alla sonner, sans s'être fait annoncer, au palais de Roderick Park.

Conrad avait déjà fait augmenter son salaire et lui destinait un poste de contremaître dans le New Tilbury, un port qui se construisait sur la berge opposée de la Tamise pour doubler ses capacités commerciales. Conrad Muir avait acheté ces terrains depuis longtemps, en prévision de l'agrandissement du port et des profits énormes qu'il en tirerait.

Surpris de voir Michael Monroe débarquer à Roderick Park, il le reçut en habit d'intérieur.

— Je pense que vous venez me remercier pour votre promotion, dit-il. Il ne fallait pas. Vraiment. C'est la moindre des choses. Si je savais comment, j'aimerais faire davantage !

— La dernière fois que nous nous sommes vus, monsieur, vous m'avez dit que je pouvais vous demander tout ce que je voulais.

— C'est exact. Que pourrais-je vous refuser ?

— J'y ai bien réfléchi.

— Formidable.

— Cela risque de vous surprendre.

— Alors ne me faites pas languir plus longtemps…

Michael ne cilla ni avant ni après lui avoir dit :

— Je veux votre femme.

Le visage de Conrad changea brutalement d'expression. Michael n'avait jamais observé un regard basculer aussi rapidement de l'amabilité à la menace. Au danger, même.

— Ma femme… répéta Conrad.

Il prit conscience qu'elle n'était pas rentrée comme d'habitude ce soir au palais.

— Où est-elle ?

— Elle ne rentrera plus, monsieur.

Conrad Muir hocha la tête. Il alla se servir un verre de scotch, le temps d'ordonner ses pensées et de préparer une riposte.

— Vous baisez déjà ma femme, dit-il en rebouchant sa carafe, vous ne m'en voudrez pas si je ne vous offre pas à boire…

Michael ne réagit pas.

— Jennifer est une écervelée, reprit Conrad. Elle a sans doute besoin, en ce moment, d'un *danger nouveau* pour se sentir vivante. Ne vous laissez pas piéger par son jeu. Vous seriez le premier perdant.

Il leva son verre, d'un geste las.

— La situation est déjà difficile, ne la rendez pas impossible.

— Je pars avec Jennifer. C'est tout ce que je suis venu vous annoncer.

— Oui, oui… Vous l'aimez, elle vous aime… Vous n'avez jamais été aussi heureux… C'est le bonheur absolu… Votre littérature amoureuse, je m'en tape, Monroe !

Il s'assit dans son fauteuil, sans quitter Michael du regard.

— Laissez-moi vous raconter une histoire. Il y a bien longtemps, un Muir a rencontré un problème avec son épouse. Un Muir, comme *moi.* Qui habitait ce manoir, comme *moi.* Qui siégeait derrière ce bureau, comme *moi.* Qui savait se montrer sans pitié, y compris avec les siens, comme *moi.* Il a cloîtré sa femme dans une chambre du grenier de Roderick Park pendant des années… Et il l'y a laissée croupir, baigner dans ses larmes et ses regrets…

Il posa son whisky, sans y avoir encore touché.

— Je ne laisserai pas ma femme me bafouer en public, Monroe. Pas comme ça. Pas après ce qui s'est passé à Tilbury. Pas comme vous le faites. Vous pouvez espérer vous enfuir et m'échapper pour un moment, mais je vous retrouverai, partout. Je *la* retrouverai. Il n'y a pas une mer ni un continent sur lesquels mon groupe ou moi n'avons un pied ou des appuis puissants. Je suis certainement l'homme du monde qu'on peut le moins fuir, Monroe. Vous comprenez ça ? Si Jennifer ne revient pas ce soir, je la retrouverai, je la briserai, et elle demandera grâce. Je lui ferai regretter de ne pas s'être noyée dans la Tamise.

— Nous n'avons pas peur de vous.

Conrad s'exclama :

— Elle, elle a peur ! J'en suis certain. Et elle a bien raison. Elle me connaît. Vous, vous manquez d'expérience ou vous êtes imprudent. Ne pas m'écouter ce soir sera la première des nombreuses erreurs que vous allez commettre à partir d'aujourd'hui. Rares sont les hommes qui ont la fuite dans le sang, croyez-moi. Surtout avec une femme sur le dos.

— Vous ne décidez pas de tout.

— C'est ce que nous verrons, jeune homme.

— Votre épouse est libre.

— Libre de rentrer.

— Nous ne sommes plus au XVIIe siècle !

— Regardez autour de vous, Monroe. Le passé est civilisé comparé à nous ! Et mon ancêtre, qui a bouclé sa femme comme on parque une bête, passera pour un enfant à côté de moi, quand je me serai vengé.

— Vous êtes une ordure.

Conrad haussa les épaules.

— Même pas. Je suis comme tout le monde…

Il se leva.

— Je suis un mélange… Un alliage… Vous-même !… Je vous regarde et je me demande : avez-vous jamais fait dans votre vie quelque chose qui ne soit pas d'un con, mon garçon ?…

Trois colosses expulsèrent Michael de Roderick Park par une porte de service. Une pluie de coups s'abattit sur lui. Ils le traînèrent jusqu'au bord de la Tamise et, sur ordre de Conrad, le jetèrent dans les flots. Il ne réussit à s'extirper douloureusement du fleuve qu'un mile plus loin !

Des gardes du corps des Muir se placèrent en sentinelles devant son immeuble. Certains entrèrent même dans son appartement par effraction, à la recherche de Jennifer.

Elle ne s'y trouvait pas.

*

Il leur fallait disparaître. Quitter Muir. Quitter Londres. Quitter l'Angleterre.

— Au plus vite.

— Et au plus loin !

Ils envisagèrent toutes les possibilités. L'idée de voyage autour du monde de son ami Rick revint à Michael. Il pensa même au *Rappahannok II* ! Ce dernier n'allait pas tarder à appareiller pour sa croisière inaugurale depuis Tilbury. Un tour du monde, voilà ! La perspective de s'embarquer à son bord leur paraissait folle.

— Malgré son gigantisme, expliqua Michael, ce cargo automatisé peut être navigué par un groupe d'hommes très réduit, majoritairement constitué de mécaniciens et d'ingénieurs. Je connais Tilbury : je vais m'arranger pour qu'on embarque clandestinement. L'équipage aura du mal à nous retrouver sur un bateau long comme quatre terrains de football ! Jamais ton mari ne viendra nous chercher *là*…

Michael réussit à leur aménager un container à moitié vide à la proue du cargo, qui ne devait être débarqué qu'à la fin du voyage, en Asie. Jenny avait emporté de l'argent et tous ses bijoux de Roderick Park.

— La première escale est prévue aux États-Unis, dit Michael. Si Conrad est averti que nous sommes embarqués sur son *Rappahannok II*, il nous enverra les douanes et les services d'émigration en guise de comité d'accueil.

— Et on reviendra en Angleterre plus vite qu'on ne s'est échappés…

Jennifer et Michael se convainquaient toutefois qu'ils ne se laisseraient jamais faire. Ils adoraient l'idée de commencer leur nouvelle vie à bord du bateau qui avait failli les voir disparaître.

— Quitter Conrad Muir à bord du *Rappahannok II,* ça ne manque pas d'éclat !

Le porte-containers larguerait les amarres sans que personne devine la présence du couple à son bord. Neuf mois de traversée, la visite des plus grands ports du monde, une promesse d'aventure et d'éloignement, quatre continents…

— Est-ce que nous sommes fous ?

— Qui met de l'espoir dans un amour raisonnable ?

— Et si tout tourne mal ?

— Dis plutôt : si rien ne vient se mettre en travers de notre route ?

Ils pensaient tout ce qu'ils se disaient. Ils avaient ce que seuls ont ceux qui ont approché la mort de très près : ils ne trichaient plus. Ils ne savaient plus tricher. Ils ne tricheraient plus jamais.

Les caisses du container choisi par Michael se révélèrent providentielles : elles renfermaient des lots de matelas et de duvets qu'il étala et empila par dizaines pour Jenny et lui. Il avait apporté avec son ami Rick des fourrures pour les pieds nus, des bougies sous cloches de verre et suspendues, des coussins brodés, de longs châles, des essences parfumées à brûler, des mousselines drapées qu'il tendit sur l'acier froid du container. Il fit de ce dernier un bunker pour amoureux : le « Boom Cœur », comme ils le baptisèrent.

Ils quittèrent l'Angleterre au petit matin, accompagnés sur la Tamise par les cornes de brume d'embarcations qui saluaient la traversée inaugurale du plus grand cargo au monde. Sur la Manche, il y eut encore les sirènes d'escortes d'amateurs enthousiastes. Les amoureux clandestins attendaient de se trouver en haute mer pour respirer.

— Conrad ne nous lâchera jamais.

— N'y pense plus. Le *Rappahannok II* met le cap à l'ouest. Nous serons bientôt seuls au monde pendant onze jours !

— C'est l'éternité que j'aurais voulue.

— L'éternité n'existe pas. Il n'y a que des moments d'éternité. Et celui-là en est un. Regarde !

Les lumières de Greenwich disparurent dans le lointain. Puis celles de Woolwich et de Boardness. La pointe de Coalhouse fut enfin doublée alors que le soleil dissipait la brume matinale. C'était maintenant le plein Atlantique. Avec cet horizon qui avait si longtemps été l'espoir de pionniers et de migrants qui rêvaient d'Amérique comme de la Terre promise.

— Qui aujourd'hui ressent encore la morsure délicieuse d'un départ en voyage ? Plus personne… Ils sont tous rentrés chez eux, les aventuriers.

— Non.

Ils s'enfermèrent dans leur Boom Cœur.

— Restent les amoureux ! s'exclama Jenny.

Les Bateman

1.

Liam O'Connor entra pour la première fois dans une petite cellule prévue pour deux détenus à la prison de Dannemora. Un homme l'y attendait. De gabarit modeste, il avait une cinquantaine d'années, des lunettes cerclées sur un nez long et fin.

Il se leva d'un bond.

— Vous êtes Liam ? Je m'appelle Joe Orton !

C'était le bras droit de John Bateman. L'homme à protéger.

Les murs de leur cellule étaient maculés de graphes et de souillures d'anciens locataires. Ça sentait la pisse. Les coins étaient mangés par des champignons. Une minable ampoule accrochée au bout d'un fil nu éclairait à moitié. Orton tendit la main en direction du jeune Irlandais et lui lança un curieux :

— Bienvenue en Amérique !

Liam ne répondit pas.

Il était arrivé à Dannemora une heure auparavant. Ce pénitencier situé près de la frontière canadienne pouvait accueillir jusqu'à trois mille détenus et il était célèbre pour servir de théâtre à toutes les condamnations à mort ordonnées par la justice new-yorkaise. Liam avait été abordé, à sa sortie du fourgon, par un surveillant qui l'avait entraîné à l'écart des autres arrivants. Il l'accompagna dans une pièce isolée où il lui remit sa tenue de prisonnier. Quand Liam se déshabilla, il remarqua une immense croix noire tatouée sur le dos de l'Irlandais. Sur *tout* le dos. Dans le passé, des Irlandais catholiques réduits en esclavage par l'envahisseur anglais protestant se faisaient tatouer de larges croix du Christ dans le dos pour s'éviter les coups de fouet de l'occupant. Aujourd'hui, c'était un signe d'appartenance à la branche indépendantiste la plus radicale des Irlandais du Nord. En revêtant sa tenue vert foncé de Dannemora, Liam sentit quelque chose de pesant dans la poche gauche. Il y glissa la main et reconnut la fraîcheur d'une lame de couteau.

Le surveillant lui tapa sur l'épaule :

— Je dois beaucoup à John Bateman. Si vous avez des ennuis ici, c'est à moi qu'il faut en parler.

Liam passa chez le coiffeur. Sa longue chevelure noire tomba sur le lino et c'est chauve qu'il apparut pour la première fois devant Joe Orton.

— John Bateman m'a fait dire que vous étiez le meilleur homme pour notre situation. J'espère qu'il a raison…

— Je l'espère aussi.

— Vous n'avez pas peur ?

Liam fit un non de la tête, puis regarda autour d'eux.

— J'ai l'habitude.

Il s'allongea sur sa paillasse pour l'essayer.

— Vous avez l'habitude de la prison ?

— On peut dire ça.

— Longtemps ?

— Assez.

— Vous aviez commis quelque chose de grave ?

— Mon père était Gerry O'Connor.

Orton ne répondit pas. Liam tourna la tête vers lui.

— Vous ne savez pas qui c'est ?

— Je ne crois pas.

— Il a été, pendant des années, l'homme à abattre pour tous les agents du contre-terrorisme de Londres. C'était une figure de la cause indépendantiste d'Irlande du Nord.

— Ah…

Liam O'Connor ne reprit ses confidences que quelques jours plus tard, au cours d'une partie d'échecs dans la cour principale de leur bloc.

— Il vivait dans une clandestinité absolue, dit-il à Orton, et ne pouvait nous voir avec ma mère que deux à trois fois par an. J'ai grandi en étant, aux yeux de mes petits camarades de Derry, le fils d'un « dieu vivant », un père toujours absent, mais dont les séparatistes irlandais se répétaient les exploits. L'attentat d'Aldershot, les bombes dans le métro londonien, les attaques dans les pubs de Norwich et de Birmingham, l'explosion au Grand Hôtel de Brighton… Toutes ces opérations portaient la griffe de Gerry O'Connor. Du moins, le vénérait-on pour cela. Mais, au printemps 1988, un rival dans le comité de l'IRA a publié par voie de presse les preuves que « l'icône de la lutte armée », le glorieux Gerry O'Connor, était en réalité un agent des services de renseignement britanniques, depuis dix ans !

Orton écoutait avidement. Il n'était plus à la partie d'échecs.

— La dénonciation parut folle à tout le monde. C'était comme accuser Churchill d'avoir roulé pour Berlin pendant la guerre ! Personne ne voulait y croire. Pourtant, le Home Office dut reconnaître le bien-fondé des pièces avancées par les dénonciateurs de mon père. Deux jours après la déclaration officielle de Londres,

Gerry admit lui-même les faits, sous la forme d'un communiqué lancé sur une radio pirate. Trois jours plus tard, son corps était retrouvé dans une bergerie isolée au nord de Galway. Sa dépouille percée de plus de cinquante balles…

— Mon Dieu.

Liam poussa une pièce sur l'échiquier, à la diable.

— La réputation de mon père bascula, en quelques instants, de celle de héros intouchable à celle de pire des félons. Personne ne parvenait à comprendre ce qui pouvait avoir poussé un « pur » de la race d'O'Connor à trahir pendant si longtemps et à une aussi grande échelle. Si les veuves de l'IRA s'étaient montrées compréhensives envers ma mère après l'exécution de Gerry, ça n'a pas été le cas des jeunes fils des combattants à mon égard, surtout ceux dont les pères étaient morts pour la « cause »… Je vivais à quatorze ans dans l'opprobre et la bagarre permanente. C'est à cette époque que j'ai commencé à me réfugier dans les églises de Derry pour échapper aux passages à tabac. Quand ma mère est morte, en 1990, des suites d'un cancer foudroyant, j'ai fait une dépression et sombré dans la délinquance. Seul au monde, haïssant le souvenir de mon père, arrêté à plusieurs reprises, j'ai été condamné à l'âge de vingt ans pour quatre années dans la célèbre prison de Maze, du comté de Down en Irlande du Nord. Ironie du sort (ou perversité de mes juges), c'était la même prison où étaient incarcérés les nationalistes irlandais, dont les anciens compagnons de route de mon père. Redevable des crimes d'un homme que je n'avais quasiment jamais vu, j'ai enduré leurs crachats et leurs brimades, les coups sous la douche, les corvées interminables, les humiliations, la haine forcenée de ceux qui, entre ces mêmes murs crasseux, avaient accompagné leurs frères de lutte pendant d'atroces grèves de la faim, suicidés aux yeux du monde pour le même idéal que Gerry O'Connor avait renié… Alors c'est comme ça : quand je suis sorti libre du Block H de Maze, je peux vous dire que n'importe quelle autre prison, même de haute sécurité, même en Amérique, y compris la plus bestiale, n'aurait plus rien pour m'impressionner !… Et quand j'ai demandé à John Bateman, sur la terrasse de son manoir : « Pourquoi moi ? », je connaissais parfaitement la réponse et savais que c'était à mon expérience dans la pire prison d'Irlande que je devais d'avoir été choisi par lui pour la mission de protection de son bras droit à Dannemora…

Liam sourit. Il poussa un fou. Orton regarda l'échiquier. En quatre coups, il était mat.

— Allez, ne vous inquiétez pas, dit Liam… Vous êtes entre de bonnes mains…

2.

John Bateman connaissait ses ennemis. Un mois après l'arrivée de Liam à Dannemora, un détenu nouvellement incarcéré trahit son désir de se rapprocher un peu trop de Joe Orton.

La première fois qu'ils le virent, ce fut à l'atelier de confection. L'homme était grand, taillé en force, la mâchoire et les épaules carrées. Il fit très vite plusieurs tentatives d'approche.

À Dannemora, les prisonniers fonctionnaient souvent par binômes. Liam décida de prendre du champ afin de voir si l'homme avait de réelles intentions vis-à-vis d'Orton, et quelles elles étaient.

Cela ne manqua pas : alors que l'homme et Joe s'étaient retrouvés ensemble durant le même atelier, il lui demanda : « On m'a dit que vous étiez au service des Bateman ? »

Pour Liam, son sort était réglé…

*

À Dannemora, deux fois par mois, les portes de cellules d'un bloc restaient ouvertes en même temps, les détenus sagement assis sur leurs lits. Les gardiens entraient au hasard chez n'importe lequel pour opérer une fouille complète de la cellule.

Le nouveau venu repéré par Liam découvrait cette mesure, il était dans sa cellule, mais son colocataire avait mystérieusement été retenu ailleurs.

L'homme fut très surpris de voir débouler chez lui, non pas des gardiens de Dannemora, mais Liam O'Connor.

L'Irlandais referma la porte derrière lui.

L'homme bondit.

— Que se passe-t-il ?

Pour réponse, Liam lui assena un énorme coup de poing à la mâchoire. Mais l'homme se releva, vite, il savait rendre coup pour coup. Liam avait appris à Maze les plus douloureuses prises névralgiques de combat. Quand l'homme se précipita sur lui, il l'étendit au sol d'une pression de la main et l'immobilisa dans d'affreuses souffrances.

Il sortit alors une corde de tissu enroulée autour de son torse, serra un nœud coulant sur le cou de l'homme, glissa la corde derrière une canalisation au plafond et tira dessus de tout son poids.

L'homme se retrouva pendu dans les airs.

Liam noua ensuite la corde à l'évier de la cellule, puis laissa l'homme s'agiter, sans plus pouvoir respirer.

— Tu n'approches plus de Joe Orton, compris ? Ni de près ni de loin. Je me fous de savoir qui t'envoie. Tu l'oublies, tu m'entends ? Pour toi, Joe Orton n'existe pas. Il n'existe plus. Et fais-le savoir autour de toi. Si ça recommence, je serai beaucoup moins clément…

L'homme était au bord de l'asphyxie. Liam l'observait. Juste avant qu'il ne s'évanouisse, il porta un énorme coup de talon contre l'évier. Celui-ci se désolidarisa du mur et le pendu s'écroula au sol. Il tomba face contre terre. Liam entendit son nez éclater contre le béton.

L'homme ne remuait plus, mais un filet de sang coulait abondamment sous sa tête, signe qu'il était toujours vivant.

Liam toqua à la porte.

On lui ouvrit et il disparut.

L'administration de Dannemora considéra cela comme une tentative de suicide manquée.

L'évier aurait « cédé » sous son poids…

Il fut transféré dans une autre unité. Cependant, l'avertissement de Liam ne fut pas entendu hors de Dannemora avec les résultats souhaités. Trois semaines plus tard, un autre homme arrivait dans le bloc D, avec un air encore plus déterminé que le précédent.

Cette fois, Liam se saisit du couteau que lui avait remis le surveillant à son arrivée…

3.

Le gardien-chef entra dans les sanitaires réservés aux détenus du bloc D. Tout le quartier de haute sécurité était calme et silencieux, circonstance suffisamment rare pour lui arracher un sourire. Un prisonnier manquait à l'appel depuis la nuit précédente. Les forçats avaient tous été confinés dans leurs cellules. On n'entendait que les policiers qui patrouillaient le long des couloirs déserts avec leurs chiens.

Le gardien-chef disait ne pas croire à une évasion :

« On ne tardera pas à le débusquer, planqué quelque part. »

L'événement le changeait cependant de son ordinaire. Il se rapprocha des éviers en sifflant, posa sa matraque pour se passer de l'eau sur le visage. Depuis son retour en pleine nuit, il n'arrivait pas à se retirer de la tête la chanson *She,* entendue à la radio. Il aurait pu ressortir et reprendre sa ronde dans les coursives du bloc D sans rien avoir remarqué, mais l'air d'Aznavour faisant écho dans les vastes toilettes vides lui avait fait lever la tête.

Un trait rouge tranchait nettement sur le blanc des carreaux au-dessus d'un W.-C.

Le gardien-chef approcha. Il poussa la porte avec le manche de sa matraque et lut une inscription peinte sur les murs en grosses lettres de sang :

« **N'ESSAYEZ PLUS…** »

Il aurait presque touché le sang du bout des doigts pour se convaincre qu'il ne rêvait pas. Il ressortit et alerta la police qui dépêcha une équipe scientifique. Le même matin, on retrouva dans la lingerie une tenue de prisonnier roulée en boule et couverte, elle aussi, de sang. Les analyses rapprochèrent la composition de ce sang avec celui des toilettes. Il appartenait au même détenu disparu…

Le gardien-chef n'eut plus le cœur à siffloter. Une telle quantité de sang supposait un meurtre ou, à tout le moins, une tentative. La police redoubla d'efforts pour retrouver le corps ou le blessé. Les bandes de vidéosurveillance étaient pourtant formelles : personne ne s'était échappé de l'enceinte de Dannemora. Les recoins de la prison furent méticuleusement fouillés.

On ne retrouva pas le détenu disparu.

Jamais…

Comment pouvait-on avoir fait disparaître un corps dans un lieu aussi reclus et surveillé que celui-ci ?

Et qui ?

Sur ordre du gardien-chef, les prisonniers restèrent plusieurs jours confinés dans leurs cellules.

Le temps passait et le mystère restait entier.

Personne ne réussit à déchiffrer non plus le message retrouvé dans les sanitaires.

« **N'ESSAYEZ PLUS…** »

Seuls certains détenus de Dannemora savaient de quoi il retournait. Ils n'ignoraient pas que Liam O'Connor était entré au bloc pour protéger le bras droit du puissant John Bateman. Mais ils ne révélèrent rien. De leur côté, les gardiens et le shérif du comté ne pouvaient deviner que des hommes de main des ennemis de Bateman étaient envoyés au pénitencier pour faire avouer à Joe Orton les secrets de son patron... Dans les semaines qui suivirent la disparition du second envoyé et l'inscription sanglante des toilettes, tous les nouveaux qui rejoignirent le bloc D pour essayer de s'en prendre à Orton terminèrent sur le carreau. La police ne s'expliquait pas cette recrudescence de violences. Et comme le gardien-chef n'arrivait pas à identifier le ou les responsables de ces actes, il imposa aux détenus des réprimandes *collectives* de plus en plus sévères : privations, coupures de lumière et d'eau chaude, interdiction de sorties et de visites, nourriture servie crue, corvées décuplées...

Malgré cela, personne ne prit le risque de dénoncer Liam. Mieux : les sanctions ordonnées par le gardien-chef à chaque nouvelle violence devinrent si contraignantes et exagérées que Liam O'Connor n'eut plus à assurer seul la sécurité de Joe Orton : ses codétenus s'en chargeaient à sa place et décourageaient les nouveaux envoyés qui menaçaient le bras droit de Bateman. C'était tout le bloc D qui assurait désormais la sécurité de Joe Orton !

Quelques-uns pensèrent liquider Liam, ou le dénoncer, mais il était comme protégé par l'aura de John Bateman... Tout le monde le savait : s'en prendre à Liam O'Connor, c'était courir le risque de le payer cher, ici ou à la sortie de Dannemora.

— Vous êtes vraiment une cible de choix, dit un jour Liam à Orton. Il y a donc tant de secrets à percer autour de John Bateman ?

— Il y en a quelques-uns, en effet...

— Je ne les connaîtrai jamais ?...

— Sans doute. Vous savez ce que l'on dit : les secrets de famille mettent les familles au secret.

Les mois passèrent ainsi, Liam n'émettait aucune opinion sur les choses qu'il voyait ou accomplissait. Mutique, il ne redoutait qu'un point : le départ de Joe Orton. Il savait que sa vie au bloc changerait sitôt les deux années de réclusion du bras droit de Bateman terminées. Tout ce temps, Orton n'eut pas à souffrir la moindre égratignure et tous les mystères des Bateman restèrent inviolés ; toutefois, comme il le redoutait, à la libération d'Orton, la nature des regards qui s'arrêtaient sur Liam se transforma.

Tout le monde se demandait s'il était toujours protégé par John Bateman.

Allait-il le faire libérer comme promis ? Ou le faire assassiner, par précaution ?

Deux mois d'une longue attente angoissante commencèrent…

Puis, un jour d'inspection, le gardien-chef hurla son nom au bout du couloir.

En arrivant dans son bureau, le chef lui fit signe d'entrer dans une annexe du parloir : Liam y retrouva le jeune avocat qui l'avait défendu lors de son procès.

— Le corps du Malédictin vient d'être retrouvé, dit celui qu'il n'avait pas revu depuis son incarcération. Un faisceau d'indices pointe désormais vers un tout autre assassin. Un juge de Philadelphie vient, à notre demande, d'ordonner votre élargissement immédiat. Vous pouvez aller rassembler vos affaires !

Liam retourna dans sa cellule. D'ordinaire, lorsqu'un détenu était libéré à Dannemora, les prisonniers chahutaient, sifflaient, braillaient sur son passage.

Là, rien.

Tout le monde en avait bavé avec le duo Orton et O'Connor.

Les gardes remirent à Liam ses effets personnels : son pantalon de cuir, ses bottes, ses bijoux, son long manteau, son piercing, enfin il put quitter librement Dannemora.

L'avocat l'attendait à l'extérieur, au volant d'un cabriolet.

*

Il le déposa en plein Manhattan, à l'entrée de la marina de North Cove.

Dominé par les buildings du Financial District sur l'Hudson River, ce port de plaisance accueillait les yachts les plus luxueux de la ville, au cœur de Battery Park, là où les premiers colons hollandais avaient établi un fort. Une stèle de granite conservait le souvenir de ces Wallons du XVIIe siècle fondateurs de la fameuse New Amsterdam.

— On vous attend à la place 2612, sur le quai A, dit l'avocat. Nous nous reverrons pour la révision de votre procès. Profitez de votre liberté retrouvée !

Liam regarda la voiture s'éloigner et avança dans le port où il longea le quai des plus grands yachts. La place désignée par l'avocat était inoccupée. Au lieu d'un bateau qui aurait pu faire cent soixante pieds de long, Liam aperçut une annexe, un Boston Whaler, avec deux marins qui le saluèrent avant de l'aider à monter à bord.

Un instant plus tard, il fonçait sur l'Hudson River. Il sentit le vent sur son visage, le soleil contre sa nuque, l'air vivifiant du large gonfler ses poumons. Il en avait presque le tournis… Enfant, quand des nouvelles alarmantes lui parvenaient sur son père (au temps de sa gloire, la mort de Gerry était annoncée plusieurs fois par mois), Liam courait à la pointe de la jetée de Derry et laissait le vent du nord fouetter son visage. Il lui semblait que le souffle glacé chassait ses angoisses. Le soleil, tout à l'inverse, l'inquiétait…

Le Boston Whaler aborda un yacht à moteur à la coque bleu marine et aux ponts blancs, qui mouillait entre Ellis Island et la statue de la Liberté. Ce fut Joe Orton qui vint l'accueillir en haut de la passerelle, souriant et vêtu d'un pantalon blanc et d'un léger pull-over bleu. Liam et lui ne s'étaient jamais vus autrement qu'en tenue de prisonnier entre les murs de Dannemora. Après six cent quatre-vingt-quatre jours passés ensemble, leurs retrouvailles à bord du yacht luxueux de John Bateman les firent sourire. Le ciel était magnifique, la température printanière, Liam avait la statue de la Liberté majestueusement dressée dans son dos… L'Irlandais tendit la main à Orton en lui disant :

— Cette fois, vous pouvez *vraiment* me souhaiter la bienvenue en Amérique !

Le grand salon du deck supérieur était inondé de lumière grâce à de larges hublots. John Bateman était assis dans un fauteuil et sourit en voyant Liam apparaître. Une petite femme aux cheveux gris habillée dans une robe de plage rose approcha de l'Irlandais. C'était Frida, l'épouse de John.

— Merci pour tout ce que vous avez fait pour notre excellent Joe, dit-elle en lui offrant sa main à serrer. Voilà un vilain épisode clos. J'espère que nous nous reverrons bientôt, monsieur O'Connor.

Là-dessus, elle s'effaça pour rejoindre la terrasse du pont.

— Ma femme a raison, dit Bateman après que Joe et Orton se furent assis. Remisons ces deux années loin derrière nous. Vous avez réussi votre mission, Liam, et gagné ma confiance.

Des hôtesses apportèrent un scotch pour le jeune Irlandais et des amuse-bouches. Liam vit aussi passer dans le salon les fils de John, Clive et Julian. Mais Orton fit bientôt signe à tout le monde de se retirer. Il ne resta que Liam, Bateman et lui. Toutes les portes furent fermées.

— Les deux mois à Dannemora se sont bien passés depuis ma libération ? lui demanda Joe Orton.

— Assez. Mais je n'avais pas de vos nouvelles. J'ai parfois trouvé le temps long…

— On n'abandonne jamais les nôtres, chez nous, vous le savez, non ?

— Les « vôtres » ?… souligna O'Connor.

— Avant de parler de ton avenir, Liam, dit Bateman, il y a quelque chose que tu dois savoir. Afin que les choses soient claires entre nous.

O'Connor ne se sentait plus à l'aise. Depuis le départ de tout le monde, il devinait que quelque chose se préparait. Orton lui fit un signe rassurant de la tête.

— En 1967, reprit Bateman, j'ai inauguré en Irlande, à Limerick, un théâtre baptisé du nom de mon ancêtre, Amanda Bateman.

Liam fit un geste d'acquiescement.

— Tout le monde connaît la « Belle Andalouse », dit-il. Comme le récit de ses aventures en Amérique au temps de la guerre d'Indépendance.

— Ton père, Gerry O'Connor, est venu me voir à cette occasion.

— Mon père ?

Liam pâlit et fronça aussitôt les sourcils.

— Je mettais alors en place le programme d'émigration en Amérique de la Fondation Bateman, tel que tu le connais. Ton père a demandé à me rencontrer pour me convaincre de l'utiliser afin d'aider des membres recherchés de l'IRA à fuir aux USA. J'ai, bien sûr, accepté. Les persécutés d'Irlande ont toujours pu compter sur les Bateman.

Liam jeta un regard à Orton. En deux ans, le bras droit de John n'avait jamais daigné lui mentionner de rapprochement entre son père et les Bateman ; il avait même feint d'ignorer complètement l'existence de Gerry O'Connor lors de leur rencontre.

Liam écouta le récit de John de plus en plus attentivement.

— J'étais loin des intrigues qui commençaient à se tramer à l'époque au sein de l'IRA. Ton père avait confiance en moi. J'ai suivi aux premières loges sa « descente aux enfers ». J'étais là quand il est tombé sur cette jeune Canadienne, qui lui a tourné la tête…

— Comment ?… Qui ? s'exclama O'Connor.

— Une révolutionnaire qui fantasmait sur toutes les luttes armées pour la liberté. Elle avait raté Cuba, elle ne comptait pas manquer l'Irlande du Nord des années 1970 !

— Je ne comprends pas…

— Ce sont les espions du MI5 qui l'ont aiguillée vers ton père, sans qu'elle le suspecte. Là où les services secrets anglais étaient incapables de localiser Gerry O'Connor, une femme bien roulée pourrait y réussir. Elle était belle… Romantique… En quête d'un héros… Et ce qui devait arriver arriva.

Liam blêmit.

— Personne ne l'a jamais su, dit John. Ton père s'est forgé une double vie grâce à sa clandestinité. Le MI5 a attendu, puis l'a menacé d'en informer ta mère. Pour Gerry, qui se reprochait déjà les angoisses que son engagement vous faisait endurer à elle et à toi, c'était au-dessus de ses forces… Il a cru s'en sortir en livrant aux Anglais une information, puis deux. Mais ensuite, pris dans l'engrenage de ses vies de mari déloyal et d'agent double, il n'a plus eu les moyens de se sortir de ses mensonges. Voilà. Seulement ton père n'a jamais laissé les Anglais l'exploiter comme ils l'auraient souhaité, ni comme on l'a laissé entendre ! Il n'a jamais fourni d'indications leur permettant d'arrêter ou de tuer des partisans. *Jamais.* Dans les années 1980, les premiers mouvements « politiques » de l'IRA étaient en train de se constituer. Après vingt ans de combats et trois mille morts sans résultat réel quant à l'indépendance ou à l'autonomie des Irlandais catholiques, il fallait s'y prendre autrement. Se faire élire paraissait plus utile pour le futur des Irlandais du Nord que de faire sauter des pubs et des stations de métro… Ton père, en tout cas, en était finalement convaincu. Mais tout le monde n'adhérait pas à cette nouvelle stratégie. Des partisans de la faction paramilitaire étaient prêts à tout pour empêcher leurs frères de devenir des politiciens comme les autres. Grâce aux renseignements qu'il fournissait aux Anglais, ton père a réussi à neutraliser ces éléments trop radicaux, à empêcher des attentats et des assassinats *entre militants* de l'IRA, qui auraient anéanti tous les processus de paix naissants… En communiquant avec les Anglais, ton père avait trouvé le moyen de sauvegarder le mouvement, de le protéger contre lui-même. Il n'était pas un traître. Même à la merci des Anglais, il s'est battu pour le bien des Irlandais…

Liam avait la gorge nouée.

— Depuis la mort de mon père, dit-il, jamais personne ne m'avait parlé de lui autrement que pour salir sa mémoire.

Il avala son scotch d'un trait.

— Dix fois, au cours de cette période, je lui ai proposé de l'exfiltrer en Amérique, reprit Bateman. Il n'a jamais accepté. Il est resté sur son île. Malgré les dangers. Malgré les Anglais d'un côté et ses rivaux de l'IRA de l'autre. Pour ta mère. Et pour toi.

Il y eut un long silence.

— C'était un type bien, ton père, dit John. Il sera bientôt temps de réhabiliter sa mémoire.

Liam esquissa un sourire triste, puis dit :

— Il y a deux ans, vous m'avez assuré qu'après Dannemora je pourrais choisir de travailler pour vous ou de ne plus jamais entendre parler des Bateman.

— En effet.

Liam reposa son verre sur la table basse.

— Je souhaite continuer de travailler à vos côtés, dit-il. Expliquez-moi en quoi je peux vous être utile.

John sourit lui aussi et fit un signe en direction d'Orton.

— C'est à Joe de décider quelle place vous occuperez au sein de notre organisation, pour commencer.

Orton posa la main sur la cuisse de Liam. Il avait parfois eu ce geste affectueux, à Dannemora, quand Liam venait de lui sauver la vie. Pas de phrase ni d'effusion particulière : un simple contact.

L'attention des trois hommes fut alors détournée par l'entrée d'une jeune femme dans le grand salon. Elle ne tenait pas compte des consignes d'interdiction de déranger le patriarche. Pieds nus, elle portait un t-shirt jaune pâle et un jean blanc très serré.

— Laissez-moi vous présenter ma fille, Mathilde !

O'Connor se leva. Il ignorait l'existence de cette fille dans la famille. Elle avait la peau claire, de grands yeux verts et une silhouette très fine.

— Elle nous revient d'Irlande, se félicita Bateman, où elle a terminé ses études. Au Trinity College de Dublin !

Elle salua O'Connor en le regardant au fond des yeux. Elle jeta ensuite un œil vers Joe. Liam compris qu'elle savait ce qu'il avait accompli pour lui à Dannemora.

— Elle est diplômée d'économie et de science politique, et a suivi un cursus de philosophie ! Elle est sans conteste la plus éduquée et qualifiée de tous les Bateman, depuis le premier d'entre eux !

— Bravo, mademoiselle, dit Liam.

— Mais, alors que sa vie d'adulte s'ouvre à elle, s'exclama John, et que je peux tout lui proposer, elle a refusé tous les postes importants… Elle ne veut prendre en main que les rênes d'une petite et simple agence de courtiers en assurances à Boston… Une entité de seulement trois salariés !… Une goutte d'eau dans mon empire ! Ma fille est du genre modeste. Une Bateman *modeste* !… Notre fière Amanda doit se retourner dans sa tombe !…

La jeune femme détourna la tête, comme pour signifier à son père qu'il ne réussirait pas à rouvrir cette discussion entre eux. Liam sentit beaucoup d'admiration et d'amour réciproques. Lui qui avait grandi sans père à la maison se demandait ce que cela avait pu être de vivre à l'ombre de John Bateman.

Il se demandait aussi maintenant à quoi devait ressembler cette Canadienne qui avait séduit son père et détruit sa vie.

— Je n'ai jamais le dernier mot avec elle, vous vous rendez compte, Liam ? Se faire diriger à mon âge par une enfant !…

— Ce n'est plus une enfant, monsieur Bateman.

— Non, répondit John en regardant sa fille avec une pointe de nostalgie. En effet…

Il décréta soudain que le temps était au beau fixe et qu'il n'était pas l'heure de parler d'études, ni de travail, ni du temps qui passe…

— Bien entendu, vous restez pour le week-end avec nous, Liam ?

— Non, monsieur. Si cela ne vous dérange pas, j'aimerais mieux retrouver mon appartement. J'ai besoin de repos.

— Au moins, vous déjeunez à bord ! C'est un ordre. Pour ce que vous avez demandé, réglez cela lundi matin avec Joe, à la première heure.

Ils passèrent à table. Liam, Joe et la famille Bateman. Ce matin encore, O'Connor s'attendait à sa gamelle infecte pour le déjeuner à Dannemora : quand il vit servir les homards et les steaks d'espadon, il ne put toucher qu'aux garnitures.

Avant de se mettre à table, John lui avait glissé :

— Ne pense pas à retrouver la Canadienne. Après ton père, elle s'est entichée d'un baron de la drogue à Medellín. On l'a retrouvée morte, débitée.

Au cours du repas, Liam remarqua que personne n'osait couper la parole au patriarche, hormis Mathilde, ce qui agaçait sa mère, et parfois ses frères. Le père et la fille entretenaient un rapport d'égal à égal un peu factice, ce qui laissait présager, selon Liam, de violents orages. Il avait l'impression surtout, autour de cette table, d'être en présence de *dieux*. Non pas des dieux de la mythologie, avec leur immortalité et leurs pouvoirs surnaturels, mais des dieux *bien d'aujourd'hui*, avec un pouvoir *bien d'Amérique* : l'Argent. Chaque décision de ces Bateman pouvait affecter la vie de dizaines de milliers d'employés et d'épargnants à travers le monde... Qu'était-ce, sinon un pouvoir d'ordre divin, celui qui peut bénir ou porter préjudice à distance ? La femme de John et leurs fils semblaient conscients de ce rang supérieur. Le patriarche n'avait pas besoin d'en faire étalage : il incarnait ce pouvoir et cette domination. Seule Mathilde semblait mal goûter cet air raréfié au sommet de l'Olympe des grandes fortunes répertoriées par *Forbes*… Elle abandonna d'ailleurs la table avant les desserts.

À la fin du déjeuner, Liam prit poliment congé des Bateman. Il retourna au sommet de la passerelle du yacht, le temps que l'équipage remette l'annexe à l'eau pour le ramener à la marina.

— C'est courageux ce que vous avez fait pour Joe dans cette affreuse prison.

Mathilde était arrivée derrière lui, comme un chat.

— Je peux vous poser une question ? demanda-t-elle.

— Bien sûr.

— Comment faisiez-vous pour faire disparaître les corps, à Dannemora ?

— Le gardien-chef de notre bloc travaillait pour nous. Il évacuait les dépouilles avant de donner lui-même l'alerte. Je l'ai ensuite incité à se montrer très sévère avec l'ensemble de ses détenus. Quand on paie correctement les gens, ils deviennent tous d'excellents comédiens. Joe Orton ne risquait plus rien…

La jeune femme sourit.

— Ainsi vous restez travailler avec nous, m'a dit mon père ? J'espère que vous m'aiderez, O'Connor, quand j'aurai besoin de vous.

Il hocha la tête.

— Je ferai ce que votre père me dira.

Mathilde acquiesça.

— Bien entendu.

Elle regarda en direction du large, le soleil éclairant son visage. À plusieurs reprises, au cours du déjeuner, Liam avait senti qu'elle l'observait, mais elle ne lui avait jamais adressé la parole.

— Vous savez ce qui me différencie de mon père ? demanda-t-elle soudain.

Il sourit.

— Je connais peu votre père, mademoiselle. Quant à vous, nous venons seulement de nous rencontrer…

Elle tira un paquet mou de Winston de son jean et s'alluma une cigarette.

— John est un pur Bateman, dit-elle. Et pour un Bateman, O'Connor, l'horizon indépassable de cette famille, c'est l'Amérique. Cela l'a toujours été. Depuis trois siècles. Vous vous rendez compte ?…

— Oui. Nous le savons.

— Tout ce temps, un Bateman s'est donné pour mission d'être présent à chaque étape de la construction américaine, afin d'y imprimer sa marque et de revendiquer sa part de l'aventure héroïque.

— Au pays, nous sommes fiers de votre famille…

Mathilde tirait de longues bouffées sur sa cigarette, ce qui ralentissait ses paroles. Elle fronça imperceptiblement les sourcils.

— Je sais. On m'a bassinée avec ça à Dublin, dit-elle. Mais aujourd'hui, les choses ont tellement changé.

Elle haussa les épaules.

— L'aventure américaine, telle que mes ancêtres l'ont connue, n'existe plus. Notre démocratie ne fait plus rêver personne et l'*American way of life* a pollué la planète… L'Amérique n'a plus rien à conquérir qui puisse l'élever au-dessus d'elle-même, comme cela a été le cas pendant des générations… Elle va seulement concentrer l'intégralité de ses puissants efforts à… *ne pas disparaître.*

De longs panaches de fumée sortaient de ses fines narines, comme chez les actrices du vieil Hollywood.

— Cela fera illusion, un temps, ajouta-t-elle, car cette nation a de la ressource, mais en marge d'un monde qui tourne désormais plus vite qu'elle et qui n'a plus besoin de sa protection pour exister. L'Amérique va encore « rêver » pendant quelque temps que le monde et l'avenir lui appartiennent… Avant de disparaître, toutes les grandes civilisations ont une période troublante de somnambulisme…

Liam comprenait mal pourquoi cette femme l'entraînait sur ce terrain. Elle était beaucoup plus diplômée que lui, qui n'avait presque aucune étude sérieuse à son actif. Il s'inquiétait de ne pas mesurer la portée de ses paroles. Il n'en avait guère l'envie.

— Je ne sais pas grand-chose à ces sujets-là, mademoiselle. Je n'ai pas fait d'universités comme vous.

— C'est pourtant simple : mon père refuse de reconnaître cette réalité, Liam. Pour lui, l'esprit des pionniers est encore vivace et ne s'éteindra jamais !

Elle laissa échapper un léger mouvement de la tête, à la fois triste et tendre.

— C'est curieux… Il y a aujourd'hui plus de distance de pensée entre mon père et moi qu'il n'y en aurait entre lui et un colon venu poser le pied sur le continent américain en 1690 ! Comme les choses changent vite, quand leur heure est venue…

— Peut-être bien.

Mathilde fixa O'Connor. Elle tenait sa cigarette du bout des lèvres. Liam se dit que cette gamine avait tout pour devenir une femme redoutable. « Ou bien, elle se la raconte, comme toutes les petites filles riches… » Il soutint son regard et lui demanda :

— Pourquoi me dites-vous tout cela ?

— Je ne sais pas… Parce que j'ai besoin d'être comprise… Sans doute… Il y aura bien des embûches sur notre route… Les Bateman, vous savez… c'est toute une histoire…

L'annexe approchait de la passerelle, Mathilde s'éloigna.

Elle lui lança simplement, en guise de salut, et sans se retourner :

— À bientôt, Liam O'Connor !

*

Liam retrouva la marina des milliardaires. Mais, en sortant pour se trouver un taxi, il fut accosté par deux hommes en complet sombre qui l'attendaient sur South End Avenue.

— Bonjour, monsieur O'Connor.

Par réflexe, l'Irlandais serra les poings.

— Agent Frey, dit l'un des deux hommes en sortant une carte. Et voici l'agent Donner.

— FBI.

Le deuxième homme était d'abord caché par le premier. Ce n'est que lorsqu'il fit un pas de côté que Liam le reconnut.

« Merde… »

Il avait le nez profondément enfoncé…

C'était le premier détenu qui avait pénétré Dannemora pour essayer de faire parler Joe Orton, et que Liam avait pendu à son évier !

« Putain… C'était un agent du FBI… »

Tout autre qu'O'Connor eût marqué un mouvement de recul ou trahi un accès d'inquiétude.

— Nous savons que John Bateman vous a fait venir en Amérique, monsieur O'Connor. Nous savons qu'il vous protège depuis votre arrivée.

— Y compris à Dannemora, précisa Donner.

Liam regarda autour de lui. Ne sachant encore comment réagir.

— Que me voulez-vous ?

Frey prit le ton de ceux qui font un effort extrême pour paraître détendus :

— Nous voulions simplement venir vous saluer, monsieur O'Connor, et vous dire combien nous sommes toujours heureux, au Bureau, de voir un nouveau visage apparaître dans un vieux dossier !

Liam héla un taxi.

— Vous avez sûrement des raisons pour vous mettre au service du vieux Bateman, continua Frey, mais vous devriez d'abord penser à ne pas être emporté le jour, très proche, où le Bureau va lui tomber dessus.

— La chute de la maison Bateman est programmée, monsieur O'Connor, déclara Donner. Elle est inéluctable. Comme deux fois deux…

— À vous de voir si vous comptez disparaître avec elle et retourner d'où vous venez de sortir ce matin ou…

— … ou nous laisser vous aider…

— … en acceptant de coopérer…

Liam fronça les sourcils.

L'agent au nez cassé sourit.

— Nous savons ce que vous pensez, mais votre père non plus n'était pas un *traître*. Juste un type dans le genre intelligent. Et pragmatique.

— Le MI5 n'a pas su, hélas, le défendre comme il convenait…

— Au FBI, nous sommes beaucoup plus efficaces dans notre programme de protection des témoins.

— Croyez-vous ? fit Liam.

Il prit une lente inspiration. Il se demanda pourquoi le FBI ne l'avait pas poursuivi pour ses coups sur Donner. Puis il se dit que le Bureau aurait du mal à justifier qu'il s'amuse à envoyer ses agents en prison pour faire parler des suspects.

Il ajouta alors :

— La prochaine fois que vous évoquerez mon père devant moi, je vous emplâtrerai l'un et l'autre. Agent ou pas agent. Compris ? Maintenant, allez vous faire foutre.

Il grimpa dans le taxi et abandonna le duo d'enquêteurs.

4.

Rien n'avait changé dans son appartement. Son briquet était toujours posé sur la table basse. Le ménage avait été fait. Un nouveau relevé bancaire était placé en évidence : les cent cinquante mille dollars que Liam possédait à son arrivée en Amérique s'étaient transformés en quatre cent mille.

Liam repensa aux agents. Entre John Bateman et eux, il savait avec qui se sentir en sécurité. Il suffisait d'une minute en présence du patriarche pour comprendre que rien ne pouvait lui résister et qu'il était homme à anticiper tous les coups de ses adversaires, fût-il le FBI.

*

— Vous allez laisser repousser vos cheveux ? lui demanda Orton, quand ils se retrouvèrent dans son vaste bureau, le lundi matin.

— Aussi vite que cela est naturellement possible ! répondit Liam.

— Ne vous inquiétez pas pour les fédéraux, ces types font de la figuration… Nous savons ce qu'ils savent…

En arrivant dans le hall du gratte-ciel, Liam avait consulté la liste des entreprises qui occupaient les étages. Toutes étaient des entités appartenant au groupe tentaculaire de la famille Bateman. Une multinationale qui pesait des milliards…

— Les Bateman détiennent plus d'une cinquantaine de compagnies d'assurances réparties dans le pays, expliqua Orton.

— Des compagnies d'assurances ? s'étonna Liam.

— Oui. À côté des agences immobilières, des banques locales, des chaînes de restauration rapide et de réparation automobile, et même d'une compagnie aérienne… L'assurance est l'activité la plus rentable du groupe. C'était la volonté de John quand il a repris les affaires familiales. Il avait compris, avant les autres, que le monde moderne serait un monde d'assurés. De nos jours, plus personne ne veut courir de risques sans être couvert. On a peur d'avoir peur, et personne n'a le courage d'avoir du courage… Imaginez, à l'époque, les passagers du *Mayflower* refusant d'embarquer sans assurance ?

— Au temps des Pères pèlerins du *Mayflower*, les gens n'avaient pas besoin d'assureurs, ils avaient Dieu.

— Mais Dieu est toujours là. Seulement les hommes versent désormais leurs primes aux Bateman.

Il se saisit d'un dossier.

— Vous allez commencer par travailler à l'Agence, Liam.

— L'Agence ?

— Le groupe compte une Agence qui rassemble toutes nos équipes d'enquêteurs.

— Des enquêteurs ?

— Des enquêteurs privés qui examinent la validité des dossiers de remboursement qui sont soumis à nos compagnies.

— Des experts, en somme ?

— Non. Les experts, c'est autre chose. Des enquêteurs, vraiment. Leur périmètre d'investigation est plus large. À chaque sinistre important, on envoie quelqu'un vérifier si nous ne sommes pas victimes d'une escroquerie. C'est au sein de cette Agence que vous allez commencer votre apprentissage des rouages de notre groupe. Pour défendre nos intérêts, il faut se montrer malin, persuasif, et savoir être menaçant. Sur ce dernier point, je ne doute absolument pas de vos capacités depuis Dannemora.

Liam sourit. On en revenait aux bonnes vieilles méthodes de la rue. Quelque chose qu'il maîtrisait parfaitement.

— Sept pour cent de nos dossiers sont des arnaques, dit Joe.

Il lui remit la liasse de documents. C'était un premier cas à traiter : un importateur de sel qui cherchait à se refaire en escroquant les assurances Bateman.

— Surprenez-moi, Liam.

L'Irlandais comprit que cette mission n'était pas une simple affaire d'escroquerie. Le sujet de cette assignation, c'était lui…

— Faites-vous remarquer, O'Connor !

5.

Liam se rendit à Concord, dans le New Hampshire. Il réserva une chambre au Ramada Hotel, puis fit la tournée des agences immobilières, en quête d'une petite maison isolée à la campagne, vérifiant toujours, comme depuis son départ de Manhattan, qu'il n'était pas suivi…

— Un « refuge », avait-il pris la peine de préciser.

Les agents locaux étaient habitués à ce genre de demandes. Les citadins surmenés étaient devenus leur plus grosse clientèle. Liam fit une douzaine de visites avant d'élire une petite *log cabin* en bois de pin, une ancienne cabane de trappeur située près d'un lac au nord de l'université de Durrisdeer.

Il fit ensuite la route qui le séparait d'Atlantic City, toujours aux aguets d'une possible filature des fédéraux. Dans cette cité dévolue aux jeux d'argent, il se rendit à l'hôtel du Showboat Casino et se mit à la recherche d'un homme d'une cinquantaine d'années. C'était un client apprécié du personnel du Showboat car, depuis près d'un mois, il venait tous les soirs perdre des sommes folles au black-jack et à la roulette. La direction de l'hôtel lui avait même mis gracieusement sa suite présidentielle à disposition.

On s'était habitué à la présence de cet homme au casino. Pourtant, après un soir, quand il ne se montra plus aux salles de jeu, l'hôtel ne s'en alarma pas. Le personnel avait l'habitude des clients qui disparaissaient du jour au lendemain, soit ruinés, soit rattrapés par leur mauvaise conscience. On se contenta de remiser ses affaires dans des sacs à linge et de libérer la suite pour d'autres joueurs.

Une rencontre avec Liam O'Connor avait suffi pour que ce type passe de la chambre présidentielle du Showboat d'Atlantic City à un cabanon perdu en pleine forêt du New Hampshire…

Il était ligoté à une chaise scellée au plancher. Il ne voyait pas Liam O'Connor dissimulé derrière une cagoule.

— Vous avez monté une entreprise d'importation de sel en Amérique, lui dit l'Irlandais. Entreprise lucrative, mais pas assez pour éponger vos dettes personnelles au poker. L'année dernière, vous avez déclaré la perte de containers entiers de sel en provenance de Pologne, transportés aux US par un navire de la compagnie anglaise MSC. Vous avez fait jouer l'assurance qui a couvert l'intégralité de vos pertes, comme le prescrivait votre contrat. Plusieurs millions de dollars.

— Eh bien ? Qu'est-ce que vous me voulez ? Tout était légal !

— En effet. C'est d'ailleurs sur cette présomption de légalité que vous avez été dédommagé, cher monsieur. C'est pour cela aussi que vous avez pu régler vos dettes de jeu. Mais cela n'explique toutefois pas le cash que vous vous amusez à dépenser ces derniers temps à Atlantic City. Il excède largement ce que l'assurance a couvert, au regard des dettes qui étaient les vôtres. Il y a un excédent qui… excède mes employeurs.

— Qui sont-ils ? Les Bateman ?

Liam ne répondit pas.

Il continua plutôt :

— Vous avez détourné votre propre sel et l'avez revendu sur un marché parallèle, en plus de toucher l'assurance.

L'homme nia.

— Selon nos estimations, reprit Liam, vous êtes encore loin d'avoir tout dilapidé à Atlantic City. Où est l'argent ?

— Qui vous envoie ?

— Où a disparu le sel ?

— Qui vous envoie ?

Liam se munit d'un nécessaire pharmaceutique dont il sortit une seringue remplie d'une solution de quelques milligrammes. Il approcha l'aiguille de la main droite du prisonnier. Ce dernier avait les avant-bras maintenus le long des accoudoirs de la chaise. Il voulut se débattre, mais rien n'y fit : Liam piqua l'espace palmaire entre ses doigts et y injecta de petites doses, sourd à toutes les protestations.

— C'est une simple solution anesthésique, dit-il. Vous ne courez aucun danger.

Après quelques secondes, l'intégralité des doigts de l'homme tomba sous anesthésie. Liam avait beau piquer leur peau avec la pointe d'un long couteau, il ne ressentait plus rien.

— Maintenant, contentez-vous de regarder, suggéra-t-il.

Et d'un coup, il trancha deux des doigts de l'homme. Le supplicié n'arriva même pas à hurler, tant il fut saisi par la surprise. Surtout, il ne ressentait *aucune* douleur. Il observait, effaré, ses doigts sectionnés, séparés de sa main, et le sang couler au bout de ses phalanges à vif.

— L'anesthésie va durer encore quelques minutes, expliqua calmement Liam. Nous allons attendre, si vous le voulez bien, que les sensations vous reviennent.

— Mais vous êtes complètement FOU !

L'homme fut bientôt pris de suées : ses doigts commencèrent à le brûler, puis des picotements de plus en plus aigus le harcelèrent et enfin, la douleur devenue insoutenable, il avoua d'un coup, sans même respirer, où et comment avait été dissimulé l'argent détourné du sel…

Liam repiqua alors sa main et toute sensation de douleur disparut.

L'effet était prodigieux.

Mais l'Irlandais, sous les yeux encore plus affolés du prisonnier, rapprocha sa lame de la main de sa victime.

— Qu'est-ce que vous faites ?… Je vous ai répondu ! Oh !…

Liam sectionna net les doigts restants.

— Vous n'avez pu monter cette escroquerie tout seul, dit-il. Vous allez à présent me révéler qui vous a aidé à rouler les Bateman. Qui s'est servi de vous…

L'homme fixait, hébété, ses doigts qui gisaient au sol… L'anesthésie s'estompait et il sentait la douleur revenir… Lancinante… Sans savoir s'il souffrait déjà ou s'il rêvait qu'il souffrait… Ce qui revenait au même… Il sentait son cœur près d'éclater…

— Ce sont d'autres Bateman ! s'exclama-t-il soudain.

De cette première mission sanglante, il se répandit au sein du *milieu* des affaires et de la pègre que les Bateman avaient trouvé un nouveau tueur à gages pour remplacer le redoutable Daniel Kerbs. Quatre individus se virent torturer de la même manière que l'homme de Concord dans l'affaire du sel. « Faites-vous remarquer », lui avait demandé Orton. Liam avait parfaitement respecté l'injonction : les « survivants » n'avaient pas de mots assez terrifiants pour détailler ce que leur avait fait subir leur tortionnaire à l'accent irlandais.

Personne ne connaissait son nom.

On l'affubla d'un surnom, d'un sobriquet, comme souvent chez les truands.

Certains rapportaient qu'il avait été reconnu sur le banc d'une église.

Ainsi, après le célèbre « Malédictin », commença, dans le sang et la terreur, la légende noire du « Bénédictin »…

Les Muir

1.

Michael et Jennifer faisaient l'amour à la lueur des bougies. Leur container ne laissait pas filtrer la lumière entre ses volets d'acier. Ils sortaient à la nuit tombée pour respirer et admirer l'obscurité étoilée, se rationnant et dormant à tour de rôle au cas où des membres de l'équipage approcheraient. Une fois, ils avaient confondu les bruits de frottement des containers entre eux avec les pas sur la passerelle du commandant du *Rappahannok II* qui faisait une ronde inhabituelle. Michael vit scintiller des galons d'or au soleil. Il s'en était fallu de peu qu'ils soient découverts.

Depuis l'appareillage à Tilbury, ils n'avaient jamais essuyé de mauvais temps, seulement ces vagues longues et lourdes du cœur de l'Atlantique qui haussaient leur porte-containers avant de le laisser retomber dans un vacarme d'écume, la coque gémissante.

Ensemble, ils célébraient tout : le premier mois de leur rencontre, puis celui de leur premier baiser, leurs premières vingt-quatre heures d'évasion, enfin leur première semaine, comme ces amoureux qui anticipent des anniversaires de peur de ne pas en vivre d'autres…

Enfin, un matin, aux premières lueurs de l'aube, Michael désigna des oiseaux qui survolaient le cargo.

L'Amérique se présenta à eux sous l'aspect d'une plage de sable blanc, le long de l'île de Tybee, à l'embouchure du Savannah, en Géorgie. Le *Rappahannok II* s'apprêtait à remonter ce grand fleuve pour s'amarrer à Port Wenworth, qui serait son escale américaine inaugurale.

Port Wenworth se situait près de la célèbre ville qui avait vu les premiers Blancs s'implanter ici : Savannah !

— C'est ton pays, murmura Jenny en admirant la côte.

— Je suis né en Amérique, dit Michael, mais je vis à Londres depuis ma deuxième année. Mon accent britannique est quand même très loin de celui des Américains du Sud !

Le *Rappahannok II* fit glisser ses quatre cents mètres de long sur les eaux rouges et douces du Savannah. Plusieurs îles basses occupaient le cœur sinueux du fleuve. Quoique urbanisé, le paysage gardait quelque chose de sauvage et de dangereux, d'humide et de terreux, y compris autour des zones industrielles. Savannah était l'une des villes les plus authentiques des États-Unis, conservée en grande partie dans son jus colonial et *ante bellum*. Du haut du *Rappahannok II*, dissimulés aux yeux de l'équipage qui, lui aussi, admirait la vue, Michael et Jenny passèrent devant Savannah comme devant une fresque de l'histoire de l'Amérique.

Un pilote du port de Savannah mit pied à bord pour assister le commandant au cours des manœuvres sur le fleuve. La procédure d'amarrage dura plus d'une heure trente.

— Les ports ici n'ont jamais été pensés pour accueillir des monstres pareils ! remarqua Michael.

Lorsque le cargo fut à quai, ses moteurs restèrent allumés pour fournir en électricité les grues qui assistaient les portiques et les chariots élévateurs du port. Le commandant et le chef des opérations de la MSC allèrent à l'office des douanes pour déclarer leurs containers.

— Je ne décèle aucune nervosité ni excitation de la part des douaniers. Rien ne laisse entendre qu'ils ont été alertés de notre présence.

Michael connaissait parfaitement le vaisseau. Alors que le débarquement avait commencé, il quitta en catimini le *Rappahannok II* en compagnie de Jenny, sans attirer l'attention des dockers qui pilotaient les grues ni de l'équipage qui surveillait les ponts du cargo. Il n'esquiva pas la douane. C'eût été trop dangereux. Possédant un passeport américain, il alla se présenter à la capitainerie avec sa carte de la MSC. Sa nationalité aplanissait tout. Jenny fut autorisée à entrer sur le territoire avec un visa de tourisme et, quelque temps seulement après avoir quitté le pont du *Rappahannok II*, s'étant frayé un passage au milieu de la foule d'amateurs et de badauds qui venaient admirer le cargo, le couple quitta Wenworth et pénétra dans le quartier historique de Savannah…

Ils louèrent une chambre à l'hôtel East Bay, proche de fleuve, pour prendre un bain. Puisqu'ils avaient abandonné leurs téléphones portables à Londres, ce fut de là que Michael et Jenny mesurèrent ce qui se disait sur eux en Grande-Bretagne.

La disparition de Jennifer de Roderick Park avait été publiquement annoncée par Conrad Muir, épaulé par un bataillon d'avocats, et dépeinte comme une trahison ou un enlèvement de la part de Michael. Il avait aussi porté plainte pour les bijoux et l'argent en liquide disparus. Toute l'Angleterre ne parlait que de la fugue de Jennifer ! Le public se divisait : d'un côté, ceux qui comprenaient la jeune femme, emportés par le romantisme d'une liaison nouée avec son sauveur. De l'autre, ceux qui trouvaient son comportement égoïste et immoral. Quoi qu'il en fût, tout le monde recherchait le couple en cavale, et leurs visages circulaient sur les réseaux sociaux, surtout depuis que Conrad Muir avait fait le serment de les retrouver.

— C'est horrible ! Même à Savannah, on court le risque d'être reconnus, photographiés et dénoncés par des passants !

La question se posait de savoir s'il fallait retourner à bord du *Rappahannok II* et poursuivre la traversée…

— Tu es américain… Ce pays est grand… Il est facile de s'y perdre.

Ils décidèrent de rester.

Jenny changea en dollars ses livres sterling près d'Ardsley Park. Mais ce furent ses bijoux qui donnèrent l'alerte. Une montre fabriquée sur mesure pour son mariage avait été offerte par Conrad à sa jeune épouse. Celle-ci ignorait le caractère rare du bijou. Il suffit qu'elle réclamât une estimation auprès d'une salle de vente pour que Muir soit alerté à Londres.

À leur hôtel, le concierge leur déroula son petit boniment sur le fait que son établissement se situait juste au-dessus du Yamacraw Bluff, au plus près de l'endroit où le premier Anglais avait rencontré le premier chef indien, Tomochichi, et que, de leur mutuelle entente, était née la colonie de Géorgie en 1733.

Michael et Jenny s'en foutaient. Comme de tout. Leur saut dans le vide à Tilbury avait été aussi un saut l'un dans l'autre : ils n'aimaient qu'être ensemble.

Chacun terminait les phrases de l'autre ; ils s'arrêtaient souvent n'importe où, juste pour se regarder ; les passants qui les croisaient avaient l'impression qu'ils absorbaient tout l'oxygène à eux ; ce couple était de ceux qui font s'attendrir, ou qui blessent, comme des rappels à l'ordre (ah, l'amour dans la vie des autres !… se dit Jennifer).

Ils visitèrent Savannah, ses monuments et ses quartiers historiques. Jusqu'au cimetière de Colonial Park, qui était joyeux en dépit des histoires de fantômes que chacun racontait.

Michael et Jenny y découvrirent un immense caveau en marbre noir imité des tombeaux antiques.

Tout leur parlait d'aimer, jusqu'aux sépultures.

Michael s'exclama, à l'intérieur du caveau :

— Celui qui aime, aime toujours pour la première fois, et il aime aussi pour tous ceux qui ont aimé avant lui. Il y a donc bien, en permanence, quelque chose de nouveau sous le soleil !… Je te remets un cœur absolument vierge. Tu n'y trouveras logé ni un père, ni une mère, ni un frère, ni une sœur, ni des ex… Hors toi, personne.

Avec un amour comme celui-là, on peut bien faire renaître le monde tous les matins !

Il leur arrivait de penser à leur premier jour sur le quai de Tilbury. Un petit matin banal, débuté comme tous les autres, sous la pluie qui tombait… Et puis tout était allé si vite !

— Pour ne pas être tentée d'aimer aussi quelqu'un d'autre, je n'aurai jamais d'enfant, s'exclama Jennifer. Je ne veux que toi. Éternellement…

Un dimanche, ils brunchaient sur la terrasse d'un café de la 43e Rue. La mousse suspendue aux arbres remuait sous l'effet d'un vent quasi imperceptible. La rue était calme. Il faisait très chaud. Des cloches sonnaient. Des familles filaient sur les trottoirs, inquiètes de manquer le début de la messe.

En les regardant, Michael repensa à la sienne.

— Mon frère et moi dormions sur le canapé crevé du salon de notre minuscule appartement de Chelsea, raconta-t-il. Mon père était agent immobilier. Il travaillait chez lui. Ma mère voulait être écrivain. À aucun moment il n'a accepté qu'elle s'interrompe pour prendre un petit boulot et le soulager. Il croyait en son talent. Parfois, on aurait cru que c'était lui qui écrivait, tant il aimait et admirait ce qu'elle faisait ! Ils étaient pourtant très différents. Lui, il voulait que tout ce qu'il touche se transforme en or. Elle, elle voulait que tout ce qu'elle touche se transforme en art.

— Ils devaient être beaux à voir. Tu as gardé des écrits de ta mère ?

— Je n'ai rien pu conserver.

— C'est dommage. Elle tenait peut-être un journal ? C'est fréquent chez les écrivains. Tu aurais pu en apprendre beaucoup sur tes parents.

— Tout a disparu, maintenant… Un jour, je n'ai jamais compris comment (mon père a dû conclure un contrat juteux), l'argent n'a soudain plus été un problème dans la famille. Je me souviens d'avoir aperçu d'énormes liasses de billets que mes parents étaient en train de cacher dans leur chambre. C'était étrange… Mais bienvenu ! Nous étions ruinés… Et puis, trois mois plus tard, leur voiture faisait six tonneaux sur le London Orbital…

— Des liasses de billets ? Qu'est devenu cet argent ?

— Personne ne l'a retrouvé. Quand j'ai raconté ce que j'avais vu aux services sociaux, ils ne m'ont pas cru. La seule preuve qui allait dans mon sens, c'était que mon père avait remboursé des dettes avant de mourir. Le reste relevait pour eux de mon imagination enfantine.

Jennifer glissa la main dans les cheveux de Michael. La rue était maintenant presque déserte. La messe avait commencé. Si les trottoirs eussent été plus peuplés, comme un jour de semaine, jamais elle ne *les* aurait repérés aussi facilement.

Michael vit son bras retomber sur la table.

— Qu'as-tu ? Tu es pâle tout à coup.

— Il fait froid, non ?

— Pas du tout !

Elle venait de reconnaître des agents de sécurité de Roderick Park qui les observaient à distance.

Michael se retourna.

— Qu'y a-t-il ?

— Devant le magasin de glaces…

Des hommes de son mari, venus de Londres.

— Ces deux-là appartiennent aux gardes du corps de Conrad au manoir…

Michael reconnut l'un de ceux qui l'avaient basculé dans la Tamise. Jenny et lui n'avaient prévu aucun plan de repli, car il était encore impossible, à leurs yeux, que Muir puisse les localiser aussi vite.

— C'est pourtant bien eux, répéta Jenny. Conrad les a envoyés. Il sait où nous sommes !

Elle commençait à paniquer.

— Il est peut-être même à Savannah !

— Calme-toi. Ils ne peuvent rien faire ici. Il faudrait qu'ils aillent trouver la police.

— Tu connais mal Conrad !

Les espions de Muir, démasqués, ne firent plus aucun effort pour se dissimuler : ils suivirent Michael et Jennifer à leur sortie du restaurant.

Le couple alla se cloîtrer dans sa chambre d'hôtel. Depuis leur rencontre, l'enfermement semblait les poursuivre : d'abord le container du *Rappahannok II,* changé en nid d'amour. Maintenant, leur chambre à Savannah, transformée en redoute. Même leurs séjours à l'hôpital avaient ressemblé à un cloisonnement. Comme si l'enlacement dans les eaux de la Tamise avait réduit leur monde à un petit cercle dans lequel ils devaient toujours se tenir embrassés. C'était ainsi qu'ils se tenaient sur leur lit du East Bay, du soir au matin et du matin au soir, comme deux enfants qui se serrent, s'unissent et se pressent, pour avoir moins peur. Le fait d'être découverts les bouleversait : ils avaient l'impression que toute la magie qui les enveloppait à Savannah avait été réduite à néant… Tout ce qui était beau était sali… Tout ce qui était certain devenait précaire… Les gardes de Conrad planquaient dans la rue de leur hôtel. Les amoureux apprirent sur Internet que Conrad se déclarait proche d'obtenir de Londres un mandat d'arrêt international pour sa femme et son amant. Il fut aussi révélé qu'ils se trouvaient en Amérique, dans une ville importante du Sud.

— La nouvelle va se propager.

— Ce n'est peut-être qu'une question d'heures avant que des curieux ne viennent faire le pied de grue sous nos fenêtres.

— Rejoints par des fonctionnaires de police…

Ils envisageaient désormais le pire, avec un luxe de détails, comme s'ils se « souvenaient » des malheurs qui les attendaient.

— Je serai mis en garde à vue par les autorités américaines, dit Michael.

— Et moi, forcée sans doute de rentrer en Angleterre par mon mari. Il fera annuler mon visa.

Il y eut de longs silences entre eux. Sans se le dire, ils partageaient la même vérité. Où aller ? Que faire ? Que décider ? Ils ne se sentaient plus la force de fuir, pour repousser une nouvelle fois la menace, vivre en paix, et sans personne. Ils avaient surtout la sensation étrange que ces quelques jours d'amour fou passés à Savannah avaient atteint un *but*.

— Après avoir aimé comme nous nous aimons, que peut-il y avoir ?

Michael retrouva dans le regard de Jenny celui de Tilbury.

— Nous mourrons comme on se tue d'un amour jeune et fulgurant.

— Avec tous ses droits.

Ils n'échangèrent plus des mots d'amour, mais des mots de mort. Ces rescapés de l'autre monde aspiraient à y retourner. La mort, déjà passée, ne les effrayait plus. Jenny emportait toujours dans sa trousse de toilette des antidépresseurs, des analgésiques et de puissants anxiolytiques. Tout se déroula en silence, avec des gestes très lents. Elle combina un cocktail d'oxycodone, de Diazepam et de doxylamine, qu'ils avalèrent en se regardant dans les yeux.

— Il ne faudra pas fuir à la première douleur.

— Jamais. Tout doit être fini pour la vie.

Ils s'étaient mis complètement nus. Michael disposa des bougies. Ils se placèrent en lotus sur le lit, genoux contre genoux, les mains dans les mains.

— Je suis heureuse… Tu ne m'auras connue que jeune et belle !

Elle avait une voix claire, avec des notes graves inattendues.

— J'étais fait pour n'éprouver qu'un sentiment, dit-il.

— Les gens ne saisiront jamais.

— Pauvres gens, nous avons plus de chance qu'eux…

Un rayon du soleil couchant tombait sur la couverture du lit.

— Avant, je lisais avec terreur ces légendes antiques où l'on ordonnait à des époux de ne pas se survivre. Je trouvais cela horrible. Aujourd'hui, je comprends.

Elle puisa la force de sourire.

— Je comprends tout.

Alors que leurs regards ne se quittaient plus, leur souffle et leur rythme cardiaque s'accordèrent. Tout était également senti et également partagé. Nus sur le lit, ils étaient au bord d'un précipice comme au sommet du *Rappahannok II*, frissonnant à Savannah comme sous les galops de pluie de Tilbury.

Le poison montra alors des progrès foudroyants.

Les rayons du soleil glissaient vers le bas de la couverture, mais c'était entre eux qu'ils voyaient désormais de la lumière.

— Tu m'aimes ?

— Je t'adore…

Michael perdit connaissance le premier.

Jenny eut un regain de lucidité en le voyant basculer. La Mort hésita quelques secondes avant de frapper. Jenny inclina la tête sur son oreiller. Elle s'évanouit peu après, avec un sourire d'adoration, belle et lumineuse.

Au-dehors, le Savannah roulait ses eaux rouges et tièdes. Le soleil tombait sur les collines bleues. Les îles basses du fleuve étaient rentrées dans l'ombre. Des enfants jouaient au ballon autour de la Pierre de Tomochichi, mémorial érigé en souvenir du grand chef des Yamacraw.

À la nuit noire, Michael Monroe et Jennifer Muir n'étaient plus.

*

Leur chambre du East Bay baignait dans un profond silence. Le clair de lune se reflétait sur les murs avec des lueurs de l'éclairage public. Les espions de Conrad Muir, campés dans une Lincoln, fixaient toujours la fenêtre de Michael et de Jenny, qui se changeait en rectangle noir à mesure que les bougies s'éteignaient.

Il n'y avait qu'une dizaine de chambres occupées dans l'hôtel. L'immeuble était ancien, on entendait tout ce qui se passait d'une chambre à l'autre et du couloir dans les chambres. L'ascenseur faisait parfois entendre son lent feulement hydraulique. Des voix brèves et des portes refermées ponctuaient chacun de ses actionnements. La machine à glaçons du fond du couloir ronronnait. Tout était calme.

Depuis la fin des grandes mythologies, le Destin tonitruant n'aime plus à se faire annoncer. C'est égal, la foudre peut tomber partout. Un hôtel à Savannah, avec son concierge de nuit qui regarde un vieux film de Preston Sturges, c'était aussi un cadre recevable pour laisser tonner Jupiter…

Il y eut d'abord un râle.

Puis un coup.

Rapidement suivi du bruit d'une lampe renversée.

Tout retomba un moment dans le silence.

Puis, à nouveau, des râles.

Et des vomissures.

Des quintes de vomissures, ponctuées d'énormes halètements.

En rouvrant les yeux dans la pénombre, Michael Monroe revenait à la vie pour la seconde fois, glacé, comme au sortir de la Tamise.

Il fixa d'abord le plafond, sans comprendre où il se trouvait.

Il essaya d'attribuer des figures rassurantes aux ombres portées sur la peinture bleue de la chambre. Il aurait pu commencer par passer ses membres en revue, comme il l'avait fait à l'hôpital de Gravesend, mais il fut saisi d'une peur panique.

Il se redressa sur les coudes, malgré la nausée et l'engourdissement général.

— Chérie ?

Il effleura des doigts la main encore tiède de Jennifer, puis sa joue durcie, l'index suivant le dessin séché de son sourire.

— Mon Dieu…

Il l'observait, affolé. Il essaya de la remuer en pressant doucement sur son épaule.

— Jennifer.

Des larmes roulaient sur sa joue à chaque battement de paupières.

— Jennifer !

Dans le couloir, un couple filait pour rejoindre sa chambre. L'homme et la femme essayaient d'étouffer leurs rires. Michael s'écroula à genoux, grelottant, suffoquant. Il se sentit submergé par un sentiment de rage et d'injustice.

Pourquoi elle et pas lui ?

Il était révolté de sentir son corps se réchauffer, reprendre vie.

Il se précipita sur la trousse de toilette.

Il n'y avait plus un cachet à avaler…

Il retomba accroupi sur la moquette. Hagard et ébahi, ne sachant plus s'il était éveillé ou rêvant, ici ou nulle part, vivant ou mort, lui-même ou un autre. Ou bien personne… La seule chose qu'il savait, c'était que la mort l'écartait, cette nuit encore.

Elle le volait. Comme elle lui avait volé sa famille lorsqu'il était enfant…

*

Jennifer Muir fut retrouvée le lendemain, vers midi.

Michael avait disparu.

Le concierge dit l'avoir vu quitter l'hôtel au petit matin, alors que lui-même regardait *Les Voyages de Sullivan*. Il se rappelait qu'il était en train de rire aux éclats quand il avait croisé le regard de Michael. Sa pâleur avait aussitôt douché son allégresse.

Rapidement, les analyses toxicologiques effectuées sur Jennifer, comme celles sur les restes de vomissures retrouvés sur le lit, révélèrent une prise identique de médicaments à dose mortelle. Il faisait peu de doute, dans l'esprit des enquêteurs et des gens, que le couple en cavale avait voulu se supprimer.

Conrad Muir fut alerté à Londres dans son bureau de Roderick Park.

— Il est toujours vivant… Michael Monroe ?…

— Tout le laisse à penser, monsieur.

Personne ne savait encore où le retrouver.

— La police de Savannah fait son possible pour remonter sa trace.

— Envoyez d'autres hommes en Géorgie. Je veux savoir ce qu'il trame.

Le visage de Conrad changea. Il prit un air qu'il ne devait plus jamais quitter. Ceux qui le connaissaient le mirent sur le compte de son veuvage. Chacun imaginait qu'il tenait toujours à Jennifer malgré sa trahison et sa fuite, et qu'il se remettait mal de sa disparition tragique. Ne citait-il pas régulièrement le chapitre de l'Évangile sur la femme infidèle ? Il se fit plus discret en société, plus distant aussi au travail, presque reclus dans son grand manoir familial.

— Toujours aucune nouvelle de Michael Monroe ?

— Non, monsieur.

— Il ne peut pas s'être évaporé !

Son nouvel air n'était pas celui d'un veuf ayant perdu goût à la vie. Conrad devinait qu'il perdait son temps à lancer des espions après Michael Monroe : ce dernier viendrait à lui un jour, sans crier gare… Conrad n'agirait pas autrement à sa place… Il savait que ni la fortune ni aucune puissance ne pouvait empêcher un homme de se faire justice lui-même, surtout au nom d'une femme. Conrad arborait l'air de ceux qui disparaissent sans motif, qui n'écoutent qu'à demi, qui se méfient de tout, qui épient quiconque pourrait se glisser derrière eux.

Il avait l'air d'un homme traqué…

Les Bateman

1.

— Il est mort le mois dernier. Dévoré par un cancer. On était les seuls à l'hosto, puis une dizaine seulement au cimetière. Son fils ne s'est même pas montré.

— Ce malheureux Luke a mal su s'en faire détester. Il a couché avec sa femme.

— Deux fois.

— Seulement deux fois ?

— Non. Avec la première, puis avec sa seconde femme.

— Ah…

Il y avait là O'Doole, dit L'Ardoise.

— O'Plea, dit Le Coyote.

Et O'Bannion, dit La Flûte.

— C'était un bon camarade, se souvint John Bateman. J'ignorais qu'il était malade. Je verrai ce que je peux faire pour sa famille.

Bateman retrouvait une fois par an ses trois plus anciens amis d'enfance dans son domaine historique du New Jersey.

— Moi, ce qui m'a le plus gêné à l'enterrement, ç'a été l'âge moyen autour de nous, dit L'Ardoise. Quand tout le monde est plus vieux que le prêtre, c'est jamais bon signe…

L'amitié de ces quatre Irlandais remontait à leur première jeunesse. En ce temps-là, John était loin de pouvoir rêver prendre un jour les rênes du clan mythique des Bateman. Il n'était qu'un simple cousin, parmi des dizaines d'autres. Le handicap de cette famille, c'était qu'à chaque nouvelle génération le nombre de membres dont il fallait prendre « soin » financièrement s'accroissait tant qu'on devait trouver de nouvelles sources de revenus.

John, né à Boston, se vit octroyer à quinze ans la surveillance de son quartier d'Irishtown. Les commerçants et les artisans s'y acquittaient d'une redevance mensuelle auprès des Bateman, redevance qui les « protégeait » contre toutes sortes de désagréments : concurrence déloyale, fournisseurs peu scrupuleux, clients en défaut de paiement... On n'employait jamais le mot de gangster au sujet des Bateman, car ils étaient là depuis toujours et que tout le monde leur devait quelque chose, mais leurs activités étaient strictement d'ordre mafieux. Se mettre sous la protection de la famille Bateman, c'était, comme on le disait en gaélique, « avoir un toit ». John s'occupait chaque mois de la collecte des « enveloppes », et tenait le livre de comptes pour une poignée de rues commerçantes d'Irishtown. On disait de lui que personne n'avait l'intelligence plus vive ni le geste plus prompt. Il s'appuyait sur ses trois meilleurs amis pour se faire respecter. Ils étaient du même âge et avaient grandi sur le même bas-côté d'East Broadview Drive.

O'Doole était surnommé L'Ardoise, car il savait admirablement compter. O'Bannion, La Flûte, parce qu'il jouait d'une petite flûte en terre cuite et qu'il mentait toujours. O'Plea, Le Coyote, parce qu'il pouvait se montrer aussi grégaire que solitaire, comme l'animal, aussi bon compagnon que tête de mule.

Tout changea pour eux à Irishtown le jour où ils eurent à s'occuper d'un contentieux entre deux parieurs.

— Dunstan et Morissey ont parié cinq cents dollars que Dawson était cocu.

— Dunstan prétend qu'il a gagné parce qu'il a la preuve que Dawson mérite ses cornes. Morissey conteste cette preuve. Dunstan a alors couché lui-même avec la femme de Dawson, pour avoir gain de cause.

— Morissey dit que ce n'est pas régulier et ne veut pas payer.

— Et que dit le mari ? demanda John.

— Il veut liquider Dunstan et Morissey. Il vient de s'acheter un fusil à pompe avec des munitions pour sanglier.

— Ça va être un carnage !

Au lieu d'en référer à sa hiérarchie à New York, John préféra traiter lui-même le litige.

Il vida la querelle de Dunstan et Morissey en apportant, après un interrogatoire musclé, la preuve que la femme de Dawson l'avait déjà fait cocu, dès le premier jour de leur mariage, avec… Phil Morissey, qui n'était, en définitive, qu'un amant jaloux espérant que l'épouse infidèle lui resterait attachée ! L'affaire se termina dans un grand éclat de rire général et cinq cents dollars dûment réglés à Dunstan.

L'épouse Dawson crut approprié de déménager dans le Dakota du Nord…

À la suite de cette affaire, John décréta, de son propre chef, l'instauration dans le quartier d'un *Vigorish* : dès lors, plus un pari ne pouvait se tenir à Irishtown sans que les Bateman en soient désignés garants. En échange d'une commission sur chaque mise, ils assureraient la validité des résultats, le recouvrement des gains et l'intégrité physique des parieurs.

Ses trois amis et lui se montrèrent si réguliers et si impartiaux dans leurs jugements qu'ils gagnèrent la reconnaissance de toute la communauté, et empochèrent des sommes importantes. Quand leurs aînés de New York apprirent que ces « débutants », qui n'étaient pas encore majeurs, avaient outrepassé leurs droits, c'était trop tard : la domination de John sur tout le quartier d'Irishtown à Boston était acquise. Ce fut depuis ce territoire historique, et son noyau dur de trois compagnons, qu'il put entamer son ascension dans la famille, et finir par déboulonner son grand-oncle, le chef, pour prendre la tête d'un clan qui ne l'attendait pas à ce poste. Il réussit ensuite, par un coup de génie, à régler tous les problèmes financiers de la famille…

Du temps où il vivait à Irishtown, John avait prévenu ses amis :

— Il faudra toujours me dire la vérité. Avec le pouvoir, on parle de moins en moins ouvertement au chef. On redoute de lui transmettre les mauvaises nouvelles. À vouloir le protéger, on le fragilise. Je vous demande de ne jamais agir ainsi avec moi.

Ses amis avaient juré. Ce pacte fut baptisé le Serment des Trois O.

Avec le temps, John voyait moins ses amis d'enfance, mais le lien ne fut jamais rompu. Ils se rencontraient au moins une fois par an. Et ce rendez-vous était sacré.

— On doit te parler de ta fille, John.

C'était Le Coyote qui osa aborder le sujet. Les quatre hommes se tenaient dans la vaste salle à manger du manoir du New Jersey. De très hautes fenêtres laissaient entrer un après-midi grisâtre. Les murs étaient tapissés de tentures vertes et de cuir rouge de Cordoue. La cheminée était si large qu'un petit arbre y aurait flambé tout entier. Une vaisselle du XVIIIe siècle était présentée sur des buffets en noyer.

— Mathilde ? demanda John.

— Elle se comporte mal…

— Vraiment ? Je ne reçois que de bons rapports à son sujet, protesta John.

— Alors on te ment.

John se montrait rarement tendre envers ceux qui s'en prenaient à ses proches.

— Qu'est-ce que cela veut dire ? Qu'est-ce que vous reprochez à ma fille ?

— Elle n'est pas *loyale*…

Le visage de Bateman s'empourpra. Tout autre que L'Ardoise aurait été plaqué contre un mur pour avoir osé proférer une telle accusation sur sa fille unique.

— L'Ardoise a raison.

— Oui, il dit vrai !…

D'entendre les deux autres O, solidaires de L'Ardoise, désarçonna un peu Bateman.

— Quand Mathilde est arrivée à Boston, reprit O'Doole, il y a trois ans, on a tous été heureux de l'accueillir.

— Elle a su très vite se faire apprécier.

— Discrète.

— Travailleuse.

— Elle écoutait ses aînés.

— Nous étions ravis de la voir commencer aussi modestement.

Mathilde Bateman avait repris une agence de courtier d'assurances de la Bateman, sur Aaron Reznik Street.

— Elle a relu un à un tous les contrats d'assurance en cours. Elle est allée à la rencontre de ses clients.

— Elle se montrait proche des gens.

— Et puis cela a commencé à déraper… glissa L'Ardoise.

— Un matin, je suis allé lui parler, dit La Flûte. Je lui ai demandé un service pour un ami. Luke, justement. Il avait des problèmes pour boucler ses mensualités. Bref. Elle m'a écouté, gentiment. Mais elle n'a rien voulu faire. Pire : elle a annulé sa police d'assurance et l'a viré de l'agence !

— Le crabe fulgurant de Luke s'est déclaré peu après. On ne fait pas ça, réprouva La Flûte en secouant la tête.

— Pas à l'un des nôtres, dit L'Ardoise.

— Pas à un bon Irlandais comme Luke, renchérit Le Coyote.

— On a évidemment mis cela sur le compte du manque d'expérience.

— D'une soif d'indépendance liée à sa jeunesse.

— D'une façon, malhabile, de se faire remarquer.

— Mais ça a recommencé…

— Pire : ça s'est *systématisé.*

Les O s'animèrent.

— Il semble que, plus on était proche de toi, plus elle marquait ses distances.

— On aurait dit une purge !

— Au port de Boston, les propriétaires de quais et de hangars assurés par l'agence Bateman sont devenus furieux. Elle augmente leurs primes !

— Pour d'autres, c'est notre parole qui est mise en défaut.

— Quand un de nos frères nous a rendu un service, il arrive qu'au lieu de le payer ou de lui faire une augmentation de salaire on lui offre des primes d'assurance… On améliore sa couverture maladie… Pour lui… Pour sa famille… On lui souscrit une belle police pour sa maison afin qu'il puisse obtenir plus facilement des hypothèques.

— Mathilde liquide ces contrats qui sont autant d'engagements de la famille qu'elle trahit !

— Ça ne peut plus durer !

Il y eut un long silence.

John était blême. Il se contenta de protester :

— Ce n'est qu'une petite agence à Boston…

— Mais demain ? insista La Flûte. Si elle arrive plus haut dans la famille ?

— Elle n'est pas libre de faire ce qu'elle veut. C'est une Bateman.

— Surtout à Irishtown !

Cette ville avait été fondée par Charles Bateman en 1750 afin d'accueillir les premiers Irlandais qu'il faisait migrer dans les colonies anglaises d'Amérique. John comprenait mieux que personne les griefs qu'à ce titre ses amis osaient formuler aujourd'hui contre sa fille.

— Si tu ne règles pas le problème, on le réglera nous-mêmes.

John garda encore le silence, puis dit, la gorge serrée :

— J'ai compris.

Il fit appeler le déjeuner et les grands vins.

— Soyez tranquilles. J'irai au plus pressé par le plus court.

Il conclut, d'une voix puissante :

— Mathilde fera ce que je lui dis !

Il ne voulut plus en entendre parler.

— Au fait, vous savez que la veuve Dawson est morte dans son Dakota du Nord ?…

— Elle avait quel âge ?

— Elle n'en avait plus…

— Ne me dis pas qu'elle s'était remariée !

— Si et, tu ne le croiras pas, il y en a qui ont la poisse, elle a encore épousé un cocu !

Et ils repartaient, en s'esclaffant, dans les souvenirs de décennies depuis longtemps passées…

2.

Liam O'Connor s'était acheté une maison au sommet d'une colline du comté de Ventura, en Californie. Il avait vue au loin sur l'océan Pacifique et l'archipel de Santa Cruz. Il vivait là en paix, à plus de mille cinq cents pieds d'altitude, en compagnie des coyotes, des condors et des crotales. Avec ses bougainvilliers roses et rouges qui grimpaient sur le toit, cette hacienda avait l'air d'un gros papillon posé sur un mont pelé. La nuit, il y avait ici des effets inconcevables. Il fallait une demi-heure de voiture pour rejoindre Ojai, la ville la plus proche. Liam n'avait qu'un seul et unique voisin au milieu de ce désert : un flic à la retraite qui possédait une parcelle non construite de plusieurs acres, lui aussi sur le haut d'une colline. Sans habitation, le flic vivait dans une suite de mobile homes. Liam et lui avaient fraternisé. Le vieux type était collectionneur de voitures de sport anciennes. Liam lui avait laissé entreposer un de ses bolides dans le garage fermé de sa maison. De quoi briser la glace. Le flic était armé jusqu'aux dents. C'était un gardien idéal pour ce refuge de montagne quand Liam n'était pas en Californie.

Dès que Bateman avait besoin de ses services, un simple fax publicitaire était envoyé chez le flic voisin d'O'Connor, en Californie, qui réceptionnait le courrier de Liam.

C'était donc un ancien shérif de la police de Santa Paula qui alertait O'Connor de retourner sur la côte Est pour aller dézinguer des gars désignés par John Bateman.

Le flic ne savait rien de Liam. Plus les cheveux de l'Irlandais repoussaient et plus il le prenait pour un allumé, un hippie ou un yogi, un bouffeur de bio, comme on en trouve pas mal dans les parages au nord de Los Angeles.

Liam arriva à New York et alla directement auprès de John Bateman.

— Tu vas aller voir ma fille.

— Mathilde ?

Liam et elle ne s'étaient plus rencontrés depuis leur échange sur le pont du yacht de John, trois ans auparavant.

— Tu vas regarder comment elle vit à Boston, reprit Bateman. Tu vas l'interroger. Qu'est-ce qu'elle fait ? À qui parle-t-elle ? Comment justifie-t-elle ses actions ? Je veux savoir si elle me cache des choses.

— Bien.

— J'ai aussi un message à lui faire passer.

Liam acquiesça.

— Quel est le message, monsieur ?

Le visage de Bateman était sombre et fermé. Cela ne présageait rien de bon pour sa fille.

— Tu es le message, O'Connor.

*

Liam se rendit à Boston le soir même.

Il était émerveillé de découvrir cette ville qui, historiquement, pouvait être considérée comme la capitale des Irlandais en Amérique. En longeant le port, il repensa aux aventures qui s'y étaient déroulées, à commencer par l'embrasement de la guerre d'Indépendance. Il connaissait aussi les nombreuses intrigues qui liaient les Bateman à cette cité : le vol du navire de guerre britannique, la gloire de Charles Bateman…

Joe Orton lui avait indiqué un appartement de l'Agence sur Bond Street. Liam s'y installa avant de se rendre le soir dans la partie animée du port, où se trouvaient les bars à la mode.

Il était certain d'y retrouver Mathilde Bateman.

Depuis trois ans, elle avait fait plus que redresser les comptes d'une petite agence d'assurance familiale de Boston : elle était devenue propriétaire d'un restaurant, de plusieurs glaciers. De bars. De friperies à la mode.

« Elle essaie de se rendre aussi indispensable et aimée des habitants d'Irishtown que son père autrefois », se dit Liam.

Il la repéra peu avant minuit, attablée avec des amis sur la terrasse du Flower and Lake, un grand bar d'inspiration nantuckaise, sur les quais, fréquenté par les universitaires de la ville.

Il l'observa de loin, vêtue d'un jean et d'un t-shirt noirs. Avec son air juvénile et décontracté, on aurait pu croire qu'elle étudiait elle aussi à Boston University ou à Babson College.

Liam prit son portable et l'appela.

Il la vit se figer au moment où il déclina son nom dans le combiné.

— Je dois vous voir, lui dit-il.

Elle lui répondit d'une voix étranglée.

— Vous êtes à Boston ?

— Oui.

— OK.

— Demain ?

— OK.

— Je vous rappelle.

Elle resta un moment muette, immobile. Après avoir raccroché, elle ne continua pas sa soirée avec ses amis. Personne ne comprenait son changement d'humeur.

Mathilde rentra chez elle, sans donner d'explications. Liam avait tout observé.

3.

Elle l'attaqua, dès qu'ils furent à table :

— Pas besoin de vous demander si c'est mon père qui vous envoie, vous ne faites rien sans son consentement !

— Vous deviez savoir que je finirais par venir…

Elle acquiesça.

— Vous ou Joe Orton, oui.

Ils déjeunaient au Barking Crab, un restaurant sur le port. Elle portait un chemisier blanc et une veste noire. Un costume de femme d'affaires.

— Je vous écoute. Quel est le problème ?

— Ce serait vous, le problème, à ce qu'il semble.

— Je ne suis pas surprise.

— Vous agacez ici des personnes qui sont très proches de votre famille. On vous accuse de ne pas vous montrer assez… « dévouée ». Si ça s'apprenait, que les Bateman ne sont plus aussi bienveillants envers les Irlandais d'Irishtown, cela enverrait un très mauvais signal, vous ne croyez pas ?

Elle haussa les épaules.

— *Bienveillants* ? Vous me faites rire… Les Irlandais ne sont jamais bienveillants ni fidèles les uns envers les autres. *Jamais.* De toute l'histoire de l'humanité, je ne connais pas un peuple qui se soit plus trahi, et avec autant de régularité et autant de bassesses, que le peuple irlandais.

— Les Écossais, peut-être ? plaisanta Liam.

Mathilde sourit.

— Sans doute. Mais, pour moi, il n'y a pas pire qu'un Irlandais envers un autre Irlandais. Vous l'avez assez expérimenté, vous-même, non ?… Ma famille a passé sa vie, depuis des générations, à étouffer les trahisons, les déloyautés, les coups bas qui venaient de leurs voisins, de leurs collègues, de leurs frères, ou de leurs femmes. Ils me font bien rire, vos Irlandais qui doutent de ma « dévotion » ! Des hypocrites !

— Quoi qu'il en soit, ce que vous faites ici ne plaît pas à votre père. Ai-je besoin d'ajouter autre chose ?

Mathilde se recula. Liam la trouva très agréable à regarder, même si ses traits prenaient un peu l'épaisseur de ceux de John. Sûre d'elle-même, déterminée, sa confiance lui donnait une force qu'il trouvait attirante et qu'il avait pressentie à bord du yacht. Il pensa que ce serait une proie coriace, ne serait-ce que parce qu'il n'avait aucune envie de lui faire du mal.

— Ce que vous ne comprenez pas encore, lui dit-elle, c'est que, ce que je fais ici, à Irishtown, c'est exactement ce que souhaite mon père…

— Pardon ?

— … sans jamais se l'avouer.

L'Irlandais hocha la tête.

— Vous suivriez la volonté de votre père *à son insu* ?

Elle vit que Liam ne la croyait pas.

— J'imagine que quelqu'un est venu se plaindre récemment ? demanda-t-elle.

O'Connor acquiesça.

— Les trois O.

Elle haussa les épaules.

— Comme si mon père avait besoin d'eux pour savoir ce que sa fille unique fait ou ne fait pas à Boston !

Liam se dit que c'était sans doute vrai. Il imaginait mal John laisser sa cadette, loin de lui, agir hors de sa surveillance.

— Depuis mon arrivée ici, reprit Mathilde, il n'est jamais intervenu auprès de moi.

Elle se rapprocha, les coudes sur la table.

— Il vous envoie parce qu'il n'a pas le choix, après les récriminations des trois O, mais savez-vous vraiment le fond de sa pensée ?

— Pour le moment, je me contente de faire ce qu'il me dit.

Elle fixait le regard de Liam, intensément.

— Imaginez simplement que je sois... sa « conscience » ?

— La conscience de votre père ?

— Avec moi, c'est très simple : je me moque de ces vieilles fidélités qui lient les Bateman à tel ou tel Irlandais. De ces soi-disant serments qui se perpétuent de génération en génération. De ces pactes non écrits qui empoisonnent toutes nos discussions. Un jeune type est venu me demander une faveur énorme parce que son ancêtre avait aidé Amanda Bateman quand elle était exilée dans le Sud ! Il fallait, selon lui, que je reste fidèle à une histoire vieille de deux siècles !

Elle haussa de nouveau les épaules.

— On ne peut plus vivre comme cela... C'est comme avec la corruption et le clientélisme en politique : ce qui passait hier ne passe plus aujourd'hui. Alors j'accomplis le grand ménage, qui aurait dû être fait depuis bien longtemps, dans notre famille comme dans nos affaires. Ce que mon père n'a jamais pu réaliser lui-même, car il a construit son ascension dans le clan sur le respect drastique des traditions et des pactes anciens, soutenu par ma mère, qui est la plus furieuse des gardiennes du temple. Mais regardez-moi bien : moi, je ne dois rien à personne. Même pas à mes frères qui ne pensent qu'aux filles. Je suis complètement libre. Délivrée de l'histoire familiale. Je ne dois rien au passé. Je suis le rêve secret de mon père, Liam… Il aurait adoré pouvoir faire cela quand il a pris le pouvoir il y a trente ans…

— Il vous l'a dit ?

— Non. Mais je le sais.

Liam la considéra en silence, puis déclara, agacé :

— Ce que vous dites, c'est de la connerie.

— Pardon ?

Liam lui saisit la main et la pressa violemment.

Le visage de la fille se figea.

L'Irlandais reprit, à mi-voix :

— La Bible dit : « *Parce que le raisin qu'ont mangé nos ancêtres était vert, nos dents en sont encore aujourd'hui agacées.* »

— Quoi ?

— Cela veut dire qu'il n'y a jamais de génération spontanée. Vous êtes le fruit de ceux qui vous ont précédée. Et de leurs actions. Leur bien et leur mal se répercutent en vous. On vit toujours « en compte » avec nos aïeux. On est leurs tributaires. Et ce compte, c'est souvent un compte à rebours…

— C'est ce que vous avez compris avec votre propre père ?… Quand on vous tabassait, enfant, dans les rues de Derry ?

Liam prit une longue inspiration pour se retenir de répliquer brutalement à cette insolence.

— Celui qui se veut complètement sans attaches et sans passé fait semblant d'être libre et indépendant, dit-il. Il s'invente une liberté qui n'existe pas. C'est une illusion. Qui ne tient jamais le temps de toute une vie. Tôt ou tard, on est rattrapés par nos ancêtres, par nos origines. On n'efface jamais ce qui est écrit en nous. Je vous le répète : c'est un compte à rebours.

— Je ne pense ni ne veux continuer comme mes ancêtres, répondit Mathilde. Ça me va d'être seule. D'autres viendront me soutenir.

— D'autres ?... En dehors de la famille ?

La jeune femme réussit à s'arracher à l'emprise d'O'Connor.

— Je suis une femme, Liam. Chez nous, les chefs de clan se suivent et se ressemblent. L'idée ne viendrait à personne de remettre le pouvoir des Bateman à une fille. Même à celle de John Bateman. Le monde a beau changer, chacun s'attend aujourd'hui à ce que l'un de mes frères prenne la relève. Eh bien, je ne laisserai pas faire... Je n'ai aucune intention de les convaincre, ce serait peine perdue, mais je n'ai pas l'intention, non plus, de m'effacer du tableau au seul prétexte de mon sexe... Je suis la plus qualifiée. Je prendrai ce qui me revient.

Elle posa à son tour la main sur celle de l'Irlandais.

— C'est moi qui vais diriger le groupe, O'Connor. Ni mes frères ni personne ne m'arrêtera. Pas même mon père. Un très lourd secret existe dans notre famille. Un secret, qui se transmet d'oreille de chef de famille à oreille de chef de famille. Depuis des générations... *Je vais percer ce secret, O'Connor.* On ne pourra plus, alors, me déloger...

— Un secret ?

Liam pensa que ce devait être celui que John craignait tant de voir Orton révéler à Dannemora.

Mathilde se leva.

— Oui, c'est assez parlé maintenant. Si mon père a des reproches à me faire, qu'il vienne me les adresser en face.

Elle tourna les talons et s'éloigna vers la sortie à une vitesse étonnante.

4.

À chaque passage à Houston, John Bateman allait dévorer un *porterhouse* à Pappas Brothers, son restaurant de viandes favori. Il adorait le Texas. Il y achetait des ceinturons d'argent, des bottes, des chapeaux... Le petit garçon d'Irishtown avait toujours eu le culte du cow-boy américain des hautes plaines du Colorado... même s'il n'avait jamais approché d'une vache autrement que dans une assiette.

— C'est un fou ! dit-il. Doublé d'un imbécile !

Il venait d'arriver à Houston pour une réunion express. Il était entouré de ses hôtes.

— Hubert Humphrey pourchasse ma famille depuis plus de quarante ans ! s'exclama-t-il. Il est aujourd'hui gouverneur de Pennsylvanie. Je ne m'étonne pas de le retrouver sur ma route. Je me demande ce qu'il va trouver, cette fois.

— Vous savez ce qui motive son acharnement ?

— Il prétend qu'un de mes ancêtres aurait humilié le sien. Un enfantillage ! Si je devais attaquer les descendants de tous ceux qui s'en sont pris à ma famille dans l'histoire, je passerais ma vie à harceler la moitié des habitants de ce pays !

— Les mauvaises langues disent que c'est ce que vous faites…

Bateman écrasa l'insolent du regard.

Il fut écarté de la réunion et on ne le revit plus.

John avait été appelé à Houston pour assister à un comité d'étude ordonné par la Chambre des représentants de Washington.

— Quelle est la somme en jeu ? demanda-t-il.

— Neuf milliards de dollars, monsieur.

Il eut un geste désinvolte.

— Cet argent, c'est comme si nous l'avions déjà. Laissez-moi faire !

Il entra dans une salle de réunion de l'hôtel Four Seasons avec ses conseillers et l'organisateur du comité. Une table ovale permettait d'accueillir une quarantaine de personnes. Toutes n'étaient pas encore arrivées. D'un côté allait s'asseoir un consortium qui regroupait les plus gros propriétaires de ports industriels américains, tels Los Angeles, Atlanta, Seattle, Savannah, New York… De l'autre, les représentants du gouvernement américain. Les propriétaires saluèrent l'entrée de John.

— J'étais déjà là, vous savez ? dit-il. En 1986 ! Même réunion. Même ville. Nous avions convaincu l'État d'instaurer une taxe exceptionnelle sur toutes les importations maritimes afin de financer les opérations de maintenance des ports du pays.

C'était grâce à cette taxe que les propriétaires avaient vu, depuis, leurs sites portuaires parfaitement entretenus par le Corps des ingénieurs de l'armée des États-Unis, sans que cela leur coûtât un dollar (la taxe était prélevée auprès des importateurs). Aujourd'hui, avec l'explosion du transport par cargo dans le monde, la taxe n'avait jamais autant rapporté, et le fonds qui en administrait les recettes présentait un excédent de neuf milliards de dollars.

— Il faut que l'État débloque cette somme et la remette aux ports sans attendre !

Tous les industriels et les entrepreneurs qui s'enrichissaient de l'activité portuaire aux États-Unis espéraient que ce pactole leur revînt. Après un premier refus de Washington, ils avaient appelé John Bateman à la rescousse. Il présidait la Fédération américaine des compagnies d'assurances, un des postes de lobbying les plus influents à Washington, avec ceux de l'armée.

Il s'assit à la place centrale du côté gauche de la table. En face de lui, des fauteuils attendaient le gouverneur Hubert Humphrey et son équipe. Presque tout le monde connaissait leur rivalité et s'attendait à un duel à mort. La dernière fois qu'ils s'étaient croisés, ç'avait été à l'inauguration du débarcadère historique des Bateman à Philadelphie à la Saint-Patrick. Ils s'y étaient laissé photographier ensemble, mais sans échanger un mot.

La porte de la salle s'ouvrit et le gouverneur Humphrey entra, suivi de ses conseillers. À peine entrés, le combat s'engagea dans des proportions totalement inattendues : un vent de panique souffla même sur la table.

Mathilde Bateman, la fille de John, entrait aux côtés de Hubert Humphrey !

Il y eut un lourd silence. Mathilde regardait son père comme s'ils ne se connaissaient pas. Lui n'arrivait pas à concevoir qu'elle puisse être avec le pire ennemi de leur famille.

Elle s'assit à la gauche du gouverneur, presque exactement en face de son père. La plupart des regards les dévisageaient. Le gouverneur Humphrey, un petit homme de soixante-cinq ans, la chevelure très garnie et très blanche, officiellement l'homme le plus puissant de la pièce, ouvrit la séance.

— Je réitère les réticences du Congrès à l'idée de remettre à d'autres acteurs le soin de la dépense des excédents du fonds portuaire.

John Bateman attaqua aussitôt :

— Le Congrès américain est moins bien placé que les dirigeants des ports quant à leurs besoins réels en entretien et en nouvelles infrastructures !

À la stupeur générale, ce ne fut pas le gouverneur qui lui répondit, mais sa fille :

— La taxe est prélevée par l'État, c'est à l'État de l'affecter dans le cadre de ses budgets votés, monsieur Bateman.

John produisit un effort violent pour ne pas éclater. Il répondit :

— Mademoiselle Bateman oublie que les ports américains sont aujourd'hui en concurrence avec ceux d'Asie. Leurs besoins sont pressants et toujours plus nombreux, le fonds portuaire doit être réformé rapidement.

— Monsieur Bateman oublie que c'est une taxe de maintenance, pas d'investissement.

— Mademoiselle Bateman oublie qu'il s'agit de pouvoir employer un excédent énorme qui sommeille dans les caisses du fonds portuaire et que de nouvelles infrastructures génèreraient beaucoup d'emplois à travers le pays…

— Je connais toutes les personnes qui siègent autour de cette table, monsieur Bateman. Je connais leurs liens et leurs intérêts communs. Les propriétaires comptent moderniser leurs ports en puisant dans le fonds portuaire plutôt que dans leurs capitaux. Votre groupe Bateman assure les plus grands ports du pays. Plus ils s'étendront, plus vos contrats grossiront. Si ce n'était que cela, votre seule présence à ce comité poserait déjà un problème, monsieur Bateman.

Ils avaient tous les deux le même regard, la même intensité. Il y eut de nouveau un long silence. La nervosité qui flottait disait qu'à ce point d'excitation tout pouvait arriver…

— Le groupe que je représente, mademoiselle Bateman, assure, en effet, la plupart des grands ports américains concernés par le versement de cette taxe. Partant de ce fait, j'affirme que si une majorité des investissements d'urgence réclamés ne sont pas couverts par le fonds dans les meilleurs délais, la Fédération que je préside mettra en doute certaines dispositions de sécurité de ces sites et devra augmenter substantiellement ses primes d'assurance afin de se hisser à la hauteur des risques. Tout le monde y perdra.

La réponse de Mathilde ne tarda pas :

— Monsieur Bateman, c'est le Corps des ingénieurs de l'armée des États-Unis qui établit les besoins et les priorités en sécurité de nos ports, pas les assureurs des propriétaires.

— Mademoiselle Bateman souhaite sans doute m'apprendre mon métier ?

— Monsieur Bateman souhaite sans doute qu'on lui rappelle la loi ?

— Je…

— Dois-je rappeler à monsieur Bateman que le comité de ce jour est un comité consultatif et qu'il n'est en rien une table de négociation où chaque partie jouerait des muscles pour impressionner l'autre ?

— Que sommes-nous alors en droit de penser du silence étonnant de monsieur le gouverneur autour de cette table ?

Hubert Humphrey sourit et dit, après un temps :

— Monsieur Bateman doit savoir que mademoiselle Bateman a toute notre confiance et que nous parlons par sa voix. Qu'il se sente rassuré sur ce point. Nous prenons ce comité très à cœur.

John et Mathilde se lancèrent encore du « Monsieur Bateman » et du « Mademoiselle Bateman » pendant plusieurs minutes, sans sourciller, sans jamais baisser la garde, ni laisser poindre la moindre familiarité ou le moindre affect.

Le père disait :

— L'État ne pourra pas justifier éternellement le gel de cette taxe, mademoiselle Bateman !

La fille répondait :

— L'État, monsieur Bateman, a toute latitude pour affecter, s'il le vote, l'entièreté de cet excédent d'impôts à… la reforestation du Texas !

— Oh !

— Et toutes vos protestations et menaces n'arracheraient pas une feuille d'arbre à cette résolution !

— Mademoiselle Bateman a le sens des images ?

— Monsieur Bateman pourra difficilement affirmer qu'il ne me comprend pas…

La séance du comité de Houston fit long feu. John et sa fille n'échangèrent plus le moindre regard. Beaucoup autour de la table pensaient que cette passe d'armes devait cacher un numéro secret entre le père et la fille, une stratégie. Il ne pouvait en être autrement.

Le gouverneur Humphrey fit entrer une douzaine de journalistes dans la salle, pour une déclaration publique, alors que personne dans le camp des propriétaires ne savait que la presse avait été convoquée.

La présence de Mathilde Bateman fut soulignée dès l'entame de son discours. L'attention des journalistes décupla. Le sort du fonds portuaire n'intéressait que les pages économiques ; une querelle familiale était ce qu'il fallait pour assurer de gros tirages. Hubert Humphrey céda la parole à Mathilde. Celle-ci embraya avec une charge d'une virulence terrible, directement adressée à son père.

Puis elle déclara :

— … John Bateman et ses compagnons rackettaient autrefois au porte-à-porte les commerces d'Irishtown à Boston en échange de la protection de sa famille… Aujourd'hui, ils les rackettent tout autant, mais sous la forme officielle de couvertures en assurance. Hier, on appelait ça du racket, aujourd'hui on appelle ça du « transfert de risques ». Hier, c'était illégal, aujourd'hui, c'est même obligatoire dans certains cas… John Bateman, pour rendre les revenus de sa famille les moins suspects possible, a montré qu'entre les services proposés par les compagnies d'assurances et les services qu'il proposait en tant que mafieux irlandais, il existait certains points communs très rémunérateurs. Comme : « Payer aujourd'hui pour être couvert demain… » Il a alors contractualisé tout un pan des activités jusque-là clandestines et illégales de sa famille, en l'étendant à tout le pays. Mais les buts et les méthodes sont restés les mêmes… Et gare à qui ne respecte pas les clauses signées !…

Mathilde Bateman déclarait ouvertement la guerre, avec Humphrey, à John Bateman et à toute sa famille.

— Aujourd'hui encore, reprit-elle, monsieur Bateman a voulu s'approprier une part de taxes portuaires qui reviennent d'abord à nos compatriotes américains !…

John l'écoutait depuis son fauteuil, bouillant de rage, sous les flashs des photographes qui s'étaient retournés.

Hubert Humphrey était ravi. Cette séance au Texas avait servi son but : provoquer et contrer publiquement John Bateman.

Le jour même, la presse répercuta l'événement. Tout le monde avait un avis sur l'opacité du groupe de John, et sur le passé notoirement mafieux de sa lignée irlandaise, mais on découvrait, face à elle, un visage nouveau issu du clan : Mathilde, jeune femme rebelle, bien de son temps, fraîche, courageusement décidée « à changer les choses et à bousculer les habitudes », quitte à affronter son propre père…

Le *Washington Post* la surnomma aussitôt « L'héritière aux mains blanches ».

En rentrant chez lui, à New York, sans avoir mangé de steak ni rapporté de ceinturons, John demanda à sa femme Frida :

— Maintenant, sait-on ce qu'il adviendra ?…

*

Liam plaça aussitôt Mathilde sur écoute.

Ses téléphones de maison et de bureau à Boston, et son portable étaient enregistrés en permanence.

Un soir, quelques jours après le scandale de Houston, alors qu'il lisait un vieux *comics*, il entendit son système de surveillance se mettre en route sur la ligne filaire de l'appartement de Mathilde. Elle utilisait rarement ce numéro. Il posa son album et enfila de gros écouteurs.

La conversation roula sur des primes d'assurance avec un client en Californie. Liam reprit sa lecture tout en écoutant distraitement. Quand le client eut raccroché, il allait ôter ses écouteurs, mais quelque chose le retint. Mathilde n'avait pas coupé sa ligne. Elle était toujours ouverte. Il y eut un long silence. En se concentrant, Liam finit par deviner sa respiration. Elle avait toujours le combiné aux lèvres.

Soudain, il l'entendit dire :

— Vous êtes là, Liam ?

Il se figea.

Il y eut un silence. Puis :

— Je suis certaine que vous êtes là…

Elle parlait bas. Liam augmenta le volume.

— Vous ne pouvez pas me répondre, évidemment, dit-elle. Et c'est peut-être mieux ainsi… Vous m'entendrez sur une bande, un peu plus tard… Quelqu'un vous la remettra… Ou, peut-être… Peut-être, êtes-vous là, en fait, en ce moment, avec votre casque sur les oreilles ?… Le cœur battant un peu plus fort… La chique coupée… Pas préparé à ce que je m'adresse à vous…

Elle savait qu'il l'écoutait. Cela mettait par terre tous les enregistrements des jours précédents…

Il l'entendit s'allumer une cigarette. Il entendit aussi le frottement de son briquet en plastique glissant sur une table. Elle parlait sans se presser.

— Vous connaissez la mythologie nordique, O'Connor ?… Vous devez la connaître, Irlandais comme vous êtes… Je l'ai étudiée au Trinity College de Dublin… Passionnant… Je sais qu'il est tard, mais je vais vous raconter une petite histoire… Une histoire du temps des runes gravées dans le bois sacré et des héros du Walhalla !

Elle inspira une longue bouffée de tabac.

— Le dieu des dieux, Odin, avait une fille. Brunnhilde. Elle avait fini, seule dans tout Asgard, par percer le fond de son cœur… Le lourd secret d'Odin, qui était aussi son désir caché… Il avait acquis depuis longtemps le don d'omniscience. Odin savait tout. Le passé comme l'avenir. Il savait surtout que son règne de maître des dieux, comme le monde de tous les êtres divins, était condamné à la disparition… Quoi qu'il fasse, il n'y pourrait rien changer… Les dieux n'étaient pas immortels… Mais au lieu de craindre cette extinction, Odin y aspirait. Il voulait même l'accélérer ! Seulement il ne pouvait s'engager sans renier tous ses serments de maître des dieux. Brunnhilde le comprit… Aussi voulut-elle devenir son bras armé… Elle agirait en secret, incomprise de tous, et d'Odin le premier… Elle lui obéirait en lui désobéissant… Elle lui resterait fidèle en le trahissant…

À l'autre bout des écouteurs, Mathilde passa la main dans ses cheveux blonds. Pour Liam, elle avait, en effet, tout de la fille d'un dieu.

— Mon père ne l'avouera jamais, Liam O'Connor, mais il sait, lui aussi… Il sait que la chronique des Bateman se termine avec celle d'une certaine Amérique… Le déclin des Bateman est gravé… Je suis là pour ça, moi aussi… Le Crépuscule des dieux… Le Crépuscule des Bateman !…

Elle tira alors une longue bouffée de tabac avant de lancer :

— Si vous transmettez ou non cet enregistrement à mon père, je saurai dans quel camp vous vous situez, Liam…

Elle resta un moment silencieuse. Puis :

— On dit : « Ouvrez l'œil, et le bon. » Moi, je vous dis : « Tendez l'oreille, et la bonne. » Excellente nuit.

Elle coupa net la communication.

Liam se dit qu'elle était complètement folle.

Les Muir

1.

« Pourquoi elle et pas moi ? »

Michael ne cessait de se torturer.

« Qu'attendre d'un amour quand tout est à jamais terminé ? »

Jennifer était rentrée en Angleterre dans un cercueil de plomb, Michael savait qu'il n'avait plus rien à espérer, et pourtant il continuait à *attendre quelque chose.*

« Attendre de la retrouver ? Attendre de ne plus souffrir ? Attendre de l'oublier ? Attendre de la remplacer ? »

Il pensait au deuil, cette chose qui a le moins d'attributs et de substance en soi…

« Non. On ne se console pas. On n'est pas consolé. On attend. »

Il essayait de s'occuper à autre chose. De s'occuper ailleurs. Mais il perdait toujours. Absent, partout où il se trouvait. Somnambule, même en pleine action. Désœuvré, y compris au travail.

« La douleur crée le besoin. Le besoin crée l'imagination. L'imagination aggrave la souffrance. »

À sa détresse se mêlait une plus profonde blessure, angoissante et morbide.

La *culpabilité*.

« Pourquoi elle et pas moi ? »

Seul à bord de son Zodiac sur le Savannah, il observait les vastes terres de la Caroline du Sud qui s'étalaient, vierges, le long de la rive du fleuve opposée à la Géorgie. Il avait doublé une île baptisée Elba (jadis l'île de Tomoguichi). Devant lui, d'immenses parcelles incultes et inhabitées s'étendaient sur plusieurs miles, tranchant avec la berge urbanisée de Savannah.

Il approcha son bateau du bord pour y débarquer.

Fort de son expérience au port de Tilbury, Michael savait que le port de Savannah arriverait un jour à pleine capacité et que, comme pour Tilbury au sud de Londres, il faudrait l'agrandir. Pour cela, il voyait le Savannah tel que Conrad Muir avait vu la Tamise : s'étendre sur la rive opposée du port historique était la meilleure solution. En hissant son Zodiac sur le sable, entre les buissons d'ajoncs et les troncs morts, il se dit que l'homme qui détiendrait ces terres encore sauvages, sans valeur aujourd'hui, deviendrait un jour richissime : les autorités portuaires de la Géorgie n'auraient pas d'autre choix que de se rapprocher de lui pour s'associer ou lui racheter ses terres à prix d'or.

Depuis le suicide avec Jennifer, il vivait en solitaire à Savannah. Après les premiers jours de choc, il s'était présenté à la police de la ville et avait expliqué leur geste commun. Il avait aussi rendu l'argent et la montre de Jennifer qui revenaient désormais à son veuf. Dès lors, toute instruction judiciaire était vide et il ne fut plus inquiété.

Pour gagner sa vie, il intégra une société de maintenance de Port Wenworth. Il avait changé de nom pour échapper aux hommes de Roderick Park. La société qui l'employait était en difficulté. Acharné au travail, comme souvent ceux qui veulent oublier leur vague à l'âme, il arriva à en redresser les comptes, puis à en prendre le contrôle.

Cette société de plongeurs assurait l'entretien sous-marin des quais et des pontons des ports de Savannah. Le lit du fleuve était gras et ses berges s'enlisaient rapidement : Michael et ses hommes opéraient les drainages de limon nécessaires pour que le tirant d'eau des porte-containers soit toujours respecté. Michael passait de nombreuses heures sous la surface du fleuve, entre les ancres et les chaînes marines, les pontons d'acier et les murs de béton, environné de crapets et de *sunfishs*…

Grâce à de meilleurs contrats, il avait réussi à mettre un peu d'argent de côté et s'était acheté quatre arpents de terre sur la rive nord de Caroline du Sud, dans le comté de Jasper, au cœur de ce qu'il s'imaginait déjà être le futur port de Savannah.

Il s'y rendait ce matin pour la première fois.

Il amarra son Zodiac à un tronc de genévrier. Il faisait beau et déjà très chaud. À son apparition, un pélican s'envola, une loutre s'échappa entre les ajoncs et un crocodile s'enfonça lentement sous la vase. L'air, sur ce versant plus sauvage et marécageux du fleuve, était chargé de senteurs tropicales. Michael saisit un bâton et commença à écarter les buissons afin de pénétrer dans les terres et de faire son « tour du propriétaire ».

Il s'appuya contre un vieux chêne d'eau qui avait ses racines plongées dans la boue. Michael marchait sur des mousses épaisses et de l'humus glissant, à l'ombre des grands palétuviers. Çà et là, il y avait des eaux mortes et des eaux à remous. La sève et l'eau croupie donnaient un goût sucré à l'atmosphère, presque mielleux. Michael avait tous ses sens en alerte, quelquefois même la chair de poule.

Il arriva devant une clairière étroite, bordée par un marécage et cernée d'érables et de noyers d'où partit une volée d'aigrettes et de poules d'eau. La clairière se trouvait à une soixantaine de mètres du Savannah.

C'était ici le cœur de son « domaine ».

À peine découvert, il aimait cet endroit. D'ici, il n'apercevait plus le fleuve caché derrière les buissons, il n'entendait plus Savannah et son vacarme de cité moderne. Les parfums et les couleurs semblaient appartenir à un autre monde. À un autre temps.

Il s'accroupit.

La plupart des gens ne choisissent pas où ils vivent, se dit-il. (De même qu'ils ne choisissent pas leur métier. Allez trouver votre bonheur là-dedans !) Lui, ici, il choisissait. C'était *chez lui*. Il n'y avait pas de toit ni de pièces. Il n'y avait pas de ligne électrique ni de boîte aux lettres. C'étaient simplement quelques arpents de terre. Mais il pouvait y mettre les pieds et y plonger les mains. La pétrir, la sentir. Tout y était grouillant de vie. Il pensa que les hommes avaient tort d'être fiers de « leurs maisons », quand ils parlaient de « chez eux ». C'était de leur terre qu'ils devraient être remplis… Un sentiment de liberté et de quiétude l'avait envahi. Lui qui avait été ballotté d'orphelinat en famille d'accueil, et de famille d'accueil en centre fermé pour adolescents, lui qui n'avait plus de racines depuis la disparition de sa famille, se retrouvait inexplicablement ici avec un sentiment d'appartenance et de vérité, alors qu'il se tenait à l'autre bout du monde où il avait grandi…

Un héron bleu le regardait fixement.

Michael était « chez lui ».

Mais il était seul.

Il repensa à Jenny. Il avait parfois l'impression de n'avoir jamais sauté avec elle du haut du *Rappahannok II*… Qu'il se sentait abandonné parce qu'il l'avait laissée se noyer dans la Tamise… Une nuit, il s'était réveillé en sueur, le cœur retourné, avec l'impression qu'il s'était tout inventé, que son aventure amoureuse n'avait été qu'un rêve. Mais, sitôt détrompé, au lieu de respirer, il avait souffert encore davantage.

Il se mit à pleurer, un genou à terre.

Le chagrin lui rongeait les os.

Tout son corps était une plainte.

Il entendit alors un bruit.

Un bruit proche.

Dans les fourrés.

Il releva la tête.

Son attention se concentra tout entière.

Il saisit son bâton.

Il était certain qu'une bête l'observait. Il se redressa, lentement.

Le héron s'envola à tire-d'aile.

Michael sentit quelque chose bouger devant lui.

Derrière les branchages fleuris et les noyers noirs.

Un animal sortit tout à coup.

Michael fit un pas de recul.

C'était un jeune Indien.

Il portait une étrange tenue tribale faite de peaux, de liens naturels et de coquillages.

Il pouvait avoir entre treize et quinze ans, les yeux noirs, basané de peau, les cheveux noués en fines tresses tirées vers la nuque, dégagés aux oreilles, le torse nu.

Il tenait un arc dans la main droite et un carquois de flèches à l'épaule.

Il regardait fixement Michael en approchant pas à pas. De discrets tatouages de griffes d'ours étaient piqués à la naissance de son cou. Il se mit à tourner autour de l'homme, puis s'immobilisa pour porter la main au-dessus du cœur et dire :

— Toona.

Michael répéta le geste et prononça son prénom.

L'Indien reprit son encerclement.

Il prononça ensuite une phrase dans un anglais très approximatif.

Michael comprit qu'il appartenait à une tribu voisine. L'enfant fit un geste en direction des terres, pour indiquer où elle se trouvait.

Instinctivement, Michael en fut agacé. Les tribus indiennes n'étaient pour lui qu'un ramassis d'ivrognes, souvent querelleurs : il espérait qu'ils ne compromettraient pas ses projets.

Le garçon approcha de lui.

Il n'avait pas peur.

Michael se dit qu'il avait dû être observé depuis un certain temps. Toona l'avait forcément vu s'agenouiller et pleurer.

Le garçon se planta devant Michael, leva la main et toucha du bout du doigt une larme restée sur la joue de l'adulte.

Il regarda cette larme, puis s'abaissa pour la planter dans le sol gras.

Michael avait de plus en plus la sensation d'être devant une apparition. Il voulut à son tour toucher l'Indien, mais celui-ci bondit. Michael sentit une force et une agilité étonnantes pour un corps aussi jeune. « Si l'un des deux devait craindre l'autre, c'est probablement moi. »

Ils restèrent quelques secondes encore à se regarder.

Puis un cri d'orfraie monta au loin, au-dessus des noyers et des érables. Toona tourna vivement la tête et, d'un coup, comme s'il avait été appelé, s'enfuit derrière les fourrés.

Michael resta immobile, pris sous le sortilège de cette rencontre étrange.

Il regarda à l'entour.

Y en avait-il d'autres à l'affût ?

En balayant le paysage des yeux, il aperçut soudain, au-dessus de la frondaison des arbres, du côté du Savannah, la cime d'un immense porte-containers, qui glissait sur le fleuve, dans la venue du courant.

Il quitta aussitôt la clairière.

Il retrouva la rive et *le* vit aussitôt, puissant et démesuré, majestueux :

Le *Rappahannok II*.

Depuis son baptême, trois ans auparavant, ce cargo géant avait déjà été détrôné par un nouveau porte-containers français qui le surclassait de vingt mètres et de quelques milliers de containers. La rotation du *Rappahannok II* à Savannah était désormais bien établie : tous les trimestres, à date fixe, Michael Monroe le voyait reparaître à Port Wenworth. Et il ne pouvait le revoir sans qu'il lui rappelle son idylle avec Jenny, leur traversée, leur fin tragique…

Aujourd'hui, il savait que le *Rappahannok II* allait faire escale pour deux jours en Géorgie, avec un débarquement de près de six cents containers : tout son fret à destination de l'Amérique du Nord. Il connaissait bien les équipes de Port Wenworth qui travaillaient au quai du cargo britannique. Mais cette fois-ci, personne n'allait le croiser dans les environs au cours des prochaines quarante-huit heures…

Michael rejoignit Savannah en Zodiac, mais resta introuvable sur les quais. La journée, il fit le tour des banques de la ville pour déposer des dossiers de demande de prêt afin de pouvoir acheter des parcelles supplémentaires de l'autre côté du Savannah. Au soir, il ne rentrait pas chez lui…

Lors de l'ultime nuit du *Rappahannok II* en Géorgie, et avant son appareillage en direction des mers du Sud, Michael remonta à bord de son Zodiac et alla se placer sur l'île d'Elba, en plein milieu du fleuve.

Cette île était inhabitée, utilisée uniquement comme base de stockage pour une usine de traitement de gaz liquides. Il s'installa sur une bande de sable blanc et contempla les étoiles qui se mêlaient aux lumières du port de Savannah. Ce dernier était aussi animé de nuit que de jour, avec ses grues et ses portiques qui ressemblaient aux pattes d'un insecte monstrueux, jouant à empiler des boîtes.

Michael ignorait l'heure exacte du départ du *Rappahannok II,* elle dépendait de la fin des mouvements de containers. Dans cette industrie, chaque minute était comptée. Aussi attendit-il seul dans l'obscurité de voir passer le *Rappahannok II*, fumant cigarette sur cigarette. L'île d'Elba était positionnée à la sortie d'un grand virage en épingle, un des points du Savannah les plus critiques à naviguer, y compris pour les pilotes expérimentés de Géorgie.

Comme sur la rive de sa parcelle, Michael sentait vivre le fleuve autour de lui, avec sa faune agile qui profitait de l'ombre pour chasser et s'ébattre. Des lucioles dansaient au-dessus de sa tête comme tombées du ciel. De mémoire d'homme, on n'avait jamais vu de plus belle nuit sans lune que cette nuit-là.

Il fixait le ciel en recherchant le visage de Jennifer sous la Chevelure de Bérénice.

Quatre heures du matin étaient passées quand il vit enfin apparaître l'ombre du cargo attendu.

Il se redressa.

Suivre des yeux un cargo géant dans la nuit est une image saisissante. Malgré sa taille démesurée, il ne se repère plus que par quelques lumières de navigation, rouges pour bâbord et vertes pour tribord, qui paraissent dérisoires dans les ténèbres. Tout le reste est opaque, noir, parfaitement invisible. Quand cette énorme masse passe devant un paysage éclairé au loin par des habitations et des feux de voitures, tout disparaît, comme dans un trou noir avalant le moindre éclat de lumière sur son sillage. Alors, un cargo de quatre cents mètres de long et de soixante mètres de large n'a plus ni taille, ni poids, ni forme : c'est une ombre qui flotte sur l'eau. Qui flotte dans les airs. L'extrême opposé d'un paquebot de croisière qui, la nuit, ressemble à un sapin de Noël tombé à la renverse.

Michael ne voyait rien du *Rappahannok II*, mais il percevait tout. Il aurait pu compter le moindre pied du cargo qui glissait devant lui, à hauteur de l'île. Il le « sentait », comme un animal sent sa proie. Il plongea alors la main dans sa poche et une gigantesque illumination jaillit de la noirceur sidérante du *Rappahannok II*.

Une mine limpet de huit kilos venait d'exploser sous la ligne de flottaison du cargo, à la hauteur du safran. Immédiatement, le navire passa de l'ombre à la lumière, de la sérénité au fracas. Les ponts s'éclairèrent et des sirènes se mirent à hurler dans la nuit. D'épaisses fumées noires et des flammes s'échappaient déjà de la coque. Les canots de sauvetage furent précipités à l'eau. Michael compta cinq minutes : le temps de la procédure pour que l'équipage se sauve, puis il actionna un second détonateur.

Une autre mine magnétique de près de vingt kilos, placée sous la coque, au niveau de la salle des machines, explosa. Le *Rappahannok II*, ce géant des mers, qui avait déjà perdu son erre, donna de la bande et se mit à sombrer.

Très vite, le fleuve se vit envahi d'embarcations de secours et de barges de pompiers. Les hydrocarbures se répandaient autour du cargo et prenaient rapidement flamme à la surface. Le feu dévorait le navire à mesure qu'il s'enfonçait, les ponts libérant des containers par centaines, qui flottaient comme des naufragés. L'air devenait irrespirable. Avec les rives illuminées par le bûcher gigantesque, on y voyait presque comme en plein jour. Jamais personne n'avait connu pareille catastrophe.

Michael contemplait le désastre, impassible. L'éclat de l'incendie se reflétait sur son visage. Au milieu des flammes, il reconnut le visage de Jennifer qu'il n'avait pu retrouver dans les étoiles. Tableau fantastique, cette image le happait. Jennifer avait pour lui d'immenses yeux d'or et de rouille…

De crainte d'être aperçu sur l'île, il remonta à bord de son Zodiac et s'éloigna en louvoyant entre les containers.

Partout où il jetait le regard, l'image flamboyante de Jennifer lui revenait, comme imprimée sur sa rétine.

Il disparut loin des cris et de l'agitation.

Pour la première fois depuis l'arrivée des premiers colons européens sur cette terre de Géorgie en 1733, on assistait à une chose qu'on n'aurait jamais crue possible : le Savannah tout entier coupé à la navigation !…

*

Michael avait choisi le meilleur moment pour frapper.

Il avait méticuleusement tout préparé depuis trois ans, jusqu'à la confection artisanale de ses deux mines limpet qu'il avait assurée seul et avec un luxe de précautions. Plongeur devenu expert, il les avait placées lui-même sous la coque du cargo.

Rarement le *Rappahannok II* avait été aussi chargé de marchandises que cette nuit-là. Il engouffrait dans le Savannah des millions et des millions de dollars de biens. Sa disparition ruinerait une partie de la compagnie de Conrad Muir…

Dès qu'il fut prévenu, Conrad eut l'intuition immédiate que Monroe était lié au drame du *Rappahannok II.* S'en prendre à un tel navire, à cet endroit précis ? C'était plus qu'une signature.

Il s'envola aussitôt pour l'Amérique.

Au même moment, Liam O'Connor recevait un message dans sa thébaïde de Ventura en Californie.

Joe Orton lui demandait de se rendre dans l'État de Géorgie.

Un cargo géant venait de sombrer dans un fleuve après ce qui ressemblait à un attentat. Une partie de la marchandise américaine de ce porte-containers était assurée par la compagnie Bateman… Mais surtout, la circulation sur le fleuve était interrompue pour un temps indéterminé : tous les ports et les cargaisons attendues et assurées majoritairement par les Bateman étaient au point mort. Vu les remboursements faramineux qui risquaient d'être engagés dans cette affaire, John exigeait de savoir ce qui s'était exactement passé sur le Savannah…

Liam s'envola.

Conrad Muir et lui arrivèrent le même jour dans la ville fondée par James Oglethorpe.

Sans se douter qu'ils étaient deux à chercher le même homme.

Les Bateman

1.

Mathilde Bateman roulait dans le parc en respectant scrupuleusement la vitesse de cinq miles à l'heure. Elle admira un grand chêne rouge, puis un laurier-tulipier en boutons. Le premier avait été planté par le président Eisenhower en 1959, le second par Franklin D. Roosevelt en 1943.

Elle avait rendez-vous à la Maison Blanche.

Elle arrêta sa voiture devant l'entrée de l'aile Est, où une femme l'attendait.

— Madame la directrice adjointe des Affaires législatives va vous recevoir.

Mathilde fut introduite dans une pièce de style géorgien, mitoyenne du théâtre. Elle portait un ensemble gris foncé sur talons noirs. Un chemisier blanc, et aucun bijou. Elle avait trois minutes d'avance. La directrice adjointe pénétra dans la salle à l'heure pile du rendez-vous.

Le bras de fer de Mathilde avec son père était remonté jusqu'au Bureau ovale.

— Heureuse de vous rencontrer, mademoiselle Bateman, dit la directrice en s'asseyant. C'est ce cher Humphrey qui a poussé votre candidature chez nous ?…

— En effet. Il est très attentionné.

Mathilde était parrainée par le gouverneur de Pennsylvanie afin d'intégrer la cellule anticorruption du cabinet du Président, prolongement naturel de son travail des derniers mois auprès de lui.

— Vous voudriez entrer en politique, mademoiselle Bateman ?

— J'aime m'investir pour mon pays.

— Mais vous vous êtes lancée dans une croisade familiale...

Mathilde ne répondit pas tout de suite. Intégrer un poste à la Maison Blanche requérait que chaque candidat passe par un long processus de validation, nommé *vetting*, l'un des plus sévères au monde. On le questionnait, on se renseignait sur lui, sur sa famille, passait au crible ses formations, ses relations, ses orientations, ses finances... Mathilde savait que sa demande d'habilitation à la Maison Blanche, pour avoir une chance d'aboutir, allait être *particulièrement* longue dans son cas. Malgré ses preuves de fidélité à la campagne du gouverneur Humphrey contre son père et la pègre irlandaise, elle prévoyait que le doute subsisterait longtemps : travaillait-elle pour la famille en se faisant passer pour une repentie ? Est-ce qu'accepter une Bateman au sein de la Maison Blanche n'était pas laisser entrer le loup dans la bergerie ?...

— Je ressemble beaucoup à mon père, dit soudain Mathilde, consciente de l'aspect provocateur de sa phrase. Quand il était enfant, il a souvent vu son père infidèle, sans réserve et aux yeux de tous. Il n'a jamais aimé cela... Et s'est juré que, marié, il ne tromperait jamais son épouse. Il a tenu parole.

La directrice hocha la tête.

— Votre père ne donne pas sa parole à des gens toujours recommandables, mais elle a la réputation d'être en or.

— De même, quand j'étais adolescente, j'assistais à des petits arrangements entre cousins, à des passe-droits de clan, une espèce d'impunité arrogante, toujours au détriment d'autrui… Je me suis juré que jamais je ne ressemblerais à mes frères ou à mes cousins. Ni à mon père. Lui et moi, vous le voyez, nous sommes avant tout fidèles à nous-mêmes…

Mathilde ne disait pas tout. Ce n'était pas la seule corruption, mais les rapports de domination au sein de sa famille qui l'avaient heurtée, petite, et traumatisée. C'est au travers de ses yeux d'enfant qu'elle avait démasqué très tôt le théâtre du monde qui s'agitait autour de son père. Certains sont rendus fous en présence d'un pouvoir ou d'une renommée trop importante, ils en perdent leurs moyens, ils s'avilissent… Tout était excessif au contact des Bateman. Les cadeaux d'inconnus étaient trop importants, leurs baisers trop humides, leurs rires trop appuyés… Il y avait aussi trop de questions sur la famille qu'on n'osait poser… La première fois que Mathilde vit *Le Parrain*, elle alla vomir. John avait dit un jour aux trois O qu'il préférait toujours ceux qui lui tenaient tête. Mathilde l'avait entendu, enfant, à la dérobée. Elle comprendrait plus tard qu'il suffit parfois d'une expérience aussi fugace, d'un bref souvenir, pour que tout soit joué avant nos dix ans.

La directrice adjointe hocha la tête.

— Je suis prête à répondre aux questions nécessaires et à me plier à tout le processus de validation pour le poste que j'ambitionne chez vous, dit Mathilde consciencieusement.

Elle ne fut pas déçue…

Son profil fut rapidement établi et partagé entre les services.

Surnom : Hilda.

Niveau d'études : Diplômée *summa cum laude* en économie et en sciences humaines.

Ambition : Très élevée. Ego important.

Gestuelle en parlant : Dynamique.

Allure/démarche : Pressée.

Plus fort trait de caractère : Zèle.

Se moque de : Mouvements identitaires, politique extérieure des USA, Alan Greenspan, Kanye West.

Philosophie : École de Francfort. Thomas Paine. Descartes.

Tendance politique : Démocrate (vote Al Gore) et écologie.

Religion : Catholique.

Peine de mort : Opposée.

Hobbies : Romans historiques. Méditation transcendantale.

Ce que les autres remarquent en premier à son sujet : Son élégance. Sa susceptibilité.

Ce qu'elle fait quand elle est seule : De longs bains. Méditation. Travailler.

Niveau d'amabilité : Restreint.

Sociabilité : Maîtrisée.

Événement significatif formateur : L'assassinat sous ses yeux d'un oncle en pleine rue à New York.

Sexualité : Bi.

Consulte des sites pornographiques : Oui.

Autres détails : N'aime pas la cuisine française.

Ses communications par téléphone et par e-mails, même anciennes, furent reprises et décortiquées par les enquêteurs du *Vetting Process*. Mathilde savait que le FBI, la CIA, l'IRS et toutes les agences fédérales de renseignement seraient réquisitionnés autour de son nom. La directrice adjointe en saurait bientôt plus qu'elle sur son père, sa famille, et leurs exactions…

La procédure dura huit mois. Mathilde fut convoquée et interrogée vingt-sept fois… Elle passa neuf tests psychologiques… À trois reprises, elle crut que sa candidature tombait à l'eau…

Mais, alors que les conclusions allaient lui être communiquées, Hubert Humphrey se fit porter le dossier de Mathilde. Il était proche de la directrice adjointe et l'un de ses postes au Congrès incluait la surveillance de la bonne gouvernance de la Maison Blanche.

Il fit venir Mathilde chez lui.

Une grosse pile de documents était posée sur le bureau de son cabinet de travail dans sa maison de Washington.

Mathilde comprit tout de suite. Ébahie.

— C'est contre toutes les règles de déontologie, dit Humphrey en l'invitant à s'asseoir. Un candidat n'est jamais autorisé à consulter son dossier, y compris quand il a été accepté. Mais vous, c'est particulier… Votre famille est si cousue de secrets qu'il faut passer outre, et vous laisser regarder au cœur des choses.

Il sourit.

— J'ai pensé, à tout le moins, que je devais agir ainsi. Il vous faudra en apprendre beaucoup sur les vôtres, puisque tout finira devant un tribunal où nous irons côte à côte. Voilà. Je vous laisse, Mathilde. Appelez-moi quand vous aurez fini.

Elle était sincèrement touchée par cette marque inattendue de confiance.

Elle se dit que son père se trompait en pensant et en répétant que le gouverneur Humphrey nourrissait une haine obsessionnelle contre lui et sa famille, et qu'il cherchait seulement à écraser les Bateman pour pousser sa carrière. « Hubert Humphrey est un honnête homme. Et les hommes honnêtes sont toujours simples. »

À sa manière, John Bateman l'était aussi. « S'ils pouvaient arriver à se parler franchement, l'un et l'autre finiraient sans doute par s'apprécier… à défaut de s'entendre. »

Mathilde ouvrit le dossier et se mit à compulser les rapports sur sa famille, coupant sa lecture de réflexions libres :

« *Extorsion de fonds…* Oui, c'est la branche des trois O… *Racket…* évidemment… Chez nous, on appelle ça l'écot… C'est presque un gage d'honorabilité pour certains Irlandais que d'apporter leur contribution aux Bateman… *Prêt usuraire et trafic d'armes…* Non, les armes, ce n'est pas nous, mais une branche cousine, dans le Middle West… *Blanchiment d'argent, paris et jeux clandestins…* Oui, la famille a raté l'essor de Las Vegas dans les années 1930, mais s'est rattrapée sur Atlantic City… *Pas de prostitution ni de trafic de drogue…* Non, ça mon père s'y est toujours opposé, et cela n'a pas été simple… *Assassinats...* Oh… Combien ?… Mon Dieu… »

Le Bureau énumérait les meurtres, disparitions, escroqueries, conflits d'intérêts, intimidations, vols, qu'il reprochait à la famille Bateman depuis une quarantaine d'années. Chaque fois, les preuves manquaient et avaient empêché les services du Hoover Building de traîner le clan devant les tribunaux.

Mathilde ne découvrait pas tout ce qui se lisait dans ces rapports, elle était éclairée sur les Bateman depuis longtemps, mais elle tomba sur un élément qui la troubla profondément.

C'était ce type d'information qu'elle espérait depuis qu'elle feuilletait ces pages :

> « *Les Bateman auraient des intérêts secrets gardés au sein des coffres-forts de la Réserve fédérale de New York…* »

Le FBI notait un intérêt continu des Bateman, mais sans pouvoir clairement l'identifier.

« La FED ?… Je me souviens avoir entendu papa en parler à plusieurs reprises… Les réserves d'or de la FED à New York… »

C'était une simple note dans un des dossiers, signée des agents Donner et Frey.

« Cette remarque n'est pas anodine… »

Il était même certain, Mathilde le *sentait*, qu'elle touchait un élément pivot.

« … J'étais enfant… cachée sous le bureau de mon père… Il est entré avec Joe Orton… Sans se douter de ma présence… Ils parlaient d'une réserve d'or… Je m'en souviens très bien… J'en ai rêvé plusieurs nuits… Des montagnes d'or !… Ça me paraissait incroyable… Comme dans un conte de fées… »

Mathilde sourit.

« Ça y est, je crois que je *vous* tiens… »

Le rapport de la Maison Blanche finissait en soulignant que Mathilde n'avait aucun lien suspect avec sa famille, hormis les liens du sang. Elle pourrait intégrer le poste au cabinet du Président *sous surveillance*.

Ses supérieurs attendraient qu'elle fasse ses preuves.

Ils ne furent pas déçus…

Dès son premier jour au bureau des Affaires législatives à Washington, Mathilde apporta cinq preuves afin de valider certaines accusations du FBI. Des preuves tangibles qui permettaient de réelles inculpations. Tout ce dont rêvait le Bureau depuis des années…

Une semaine après son arrivée à la Maison Blanche, les trois O et ses frères, Clive et Julian Bateman, étaient arrêtés et jetés en prison !

Les Muir

1.

Conrad Muir regardait son *Rappahannok II* échoué au milieu du fleuve Savannah. Des équipes étaient en train de le démanteler. Des gerbes d'étincelles s'élevaient autour de l'épave, le bruit était assourdissant, le chantier si gros et si insolite qu'on aurait dit une carcasse attaquée par des insectes à chalumeaux.

Conrad se tenait immobile sur la berge, à la sortie de Savannah. Il observait son cargo sans dire un mot depuis de longues minutes.

— Qu'allez-vous faire à présent, monsieur Muir ?
Conrad ne reconnaissait pas la voix qui s'adressait à lui.

Il se retourna.

Un inconnu lui faisait face.

C'était Liam O'Connor.

Conrad lui répondit :

— Le reconstruire... En plus grand. En plus *beau* !

Liam était arrivé en Géorgie quelques jours auparavant et avait commencé à enquêter sur l'attentat du *Rappahannok II.* Un homme seul, mais excellent nageur, pouvait avoir aimanté les charges explosives sous la coque du cargo. La police du comté en avait analysé les résidus : des mines artisanales, achetées en kit *via* les réseaux informatiques clandestins. Liam s'était intéressé aux propriétaires du porte-containers et avait remonté l'histoire de Conrad Muir, avec celle, très médiatisée, de sa femme en fugue avec son amant.

De son côté, Conrad s'était rendu, dès son arrivée à Savannah, dans le caveau de sa famille. Ses ancêtres avaient voyagé à bord du *Ann*, le premier bateau de colons anglais émigrés ici en 1733. Le grand « Mausolée de la famille Muir » était dressé en plein cimetière historique de Savannah. Un tableau expliquait l'histoire de ce tombeau pour les touristes. Au milieu du XVIIIe siècle, une crue avait inondé Savannah, emportant ici de nombreuses sépultures. L'homme le plus puissant de l'époque, George Muir, avait décidé de faire élever un mausolée à la gloire de sa famille qui puisse résister aux intempéries. Il ne se contenta pas d'un caveau traditionnel : il fit bâtir un monument à l'intérieur duquel une centaine de niches funéraires pourraient attendre de recevoir les Muir des générations futures. Du marbre noir de Wallonie fut importé et Muir s'inspira, pour l'architecture, des tombeaux antiques romains. Le « Mausolée Muir » devint l'un des premiers monuments de Savannah.

Il se visitait aujourd'hui comme une pièce de musée.

Michael et Jennifer y avaient échangé des baisers.

Ce caveau avait une particularité qui servit à le rendre fameux : il était toujours vide.

Seules deux tombes étaient occupées.

Un couple de Muir. Elle, morte en 1755. Lui, son époux, en 1785.

Les autres niches funéraires restaient mystérieusement *inhabitées*. Malgré les plans de George Muir, pas un membre de sa famille n'y avait jamais été inhumé après ses parents.

Le mystère qui entourait les raisons de cet abandon avait inspiré les faiseurs d'histoires et mis le Mausolée Muir sur toutes les cartes touristiques de Savannah.

Pour la troisième fois dans son existence, Conrad venait y honorer ses aïeux, avec des fleurs et des prières, seul au milieu de ce vaste bloc de marbre veiné noir. Il se rendit ensuite à l'hôtel East Bay où avait été retrouvée sa femme, Jennifer. Il demanda à rencontrer le propriétaire, lui racheta l'établissement à prix d'or, puis ordonna que l'immeuble fût intégralement rasé après son départ d'Amérique.

Il se doutait que Michael Monroe se cachait derrière le sabordage du *Rappahannok II*, mais ses équipes de limiers ne réussissaient toujours pas à lui mettre la main dessus.

Il pouvait avoir fui l'État.

— Je représente les assurances Bateman, dit Liam à Conrad Muir.

— Je connais…

— La rumeur et la presse laissent entendre que ce serait un groupe d'activistes écologistes qui s'en serait pris à votre cargo, pour dénoncer l'accroissement des lignes régulières au long cours…

Conrad eut un geste.

— En le sabordant, ils ont surtout bloqué la circulation sur le fleuve, dit-il. C'est votre groupe d'assurances qui doit rembourser les pertes des ports du Savannah.

— En effet.

Conrad sourit.

— Ne dit-on pas que le malheur réunit ?

— Ne dit-on pas que le malheur réveille nos forces ?

— C'est pour cela que vous venez me parler ?

Liam et Conrad se regardèrent.

L'Irlandais reprit :

— Nous savons, vous et moi, que c'est un certain Michael Monroe qui a coulé votre cargo, et qui a bloqué le Savannah. Par soif de vengeance…

— Peut-être.

— … et non des défenseurs de l'environnement !…

— Je dis : sans doute.

— Mais nous savons surtout quelque chose que *vous*, vous ignorez.

— Laquelle ?

— Là où il se cache.

Conrad ne sourit plus.

— Monroe ?

— Lui-même.

— Il est en Géorgie ?

— Il est même tout près de nous…

Liam expliqua à Muir que Monroe avait cherché à se faire prêter de l'argent par des banques de Savannah pour acheter des terres incultes sur la rive opposée du fleuve. Alors que Liam faisait tout pour le retrouver, on lui avait transmis le dossier de demande de prêt que Monroe avait déposé auprès de la Bateman National Bank de Savannah. Tout y était consigné. À commencer par son patrimoine. Dont sa parcelle dérisoire, en pleine nature, au contact des terres qu'il voulait acquérir.

Liam tendit le bras en direction de la berge du Savannah qui leur faisait face.

— Il est juste là.

Conrad blêmit.

— Il ne fait pas de doute qu'il se cache, reprit l'Irlandais.

— Vous saviez que je le cherchais aussi ?

— Bien entendu.

— Pourquoi me le livreriez-vous ?

— Nous ne pensons pas forcément à vous le livrer, monsieur Muir. Monroe a joué son coup très habilement. Il y a peu de chances pour que les enquêteurs remontent jusqu'à lui. Sauf, évidemment, si, avec votre aval, nous disposions de faux indices sur l'épave afin de « couler » Monroe à son tour.

Conrad hocha la tête.

— Nous pouvons aussi l'éliminer, renchérit Liam, sans autre forme de procès. Disons que John Bateman préférerait avoir votre assentiment. Nous parlons de l'homme qui vous a…

— Je sais, coupa Conrad.

Il resta pensif, le regard planté sur le Savannah, puis dit :

— Non.

— Non ?

— Ni meurtre. Ni indices maquillés.

— Alors quoi ? Je ne vous comprends pas…

— Amenez-le-moi. J'ai à lui parler. S'il s'agit de vengeance, je saurai m'y prendre.

— Je veux bien, mais…

— Combien ?

Conrad ne laissa pas à Liam le temps de répondre, il lui tendit une épaisse enveloppe de plusieurs milliers de dollars.

— Je me doute que John Bateman prend soin de son « Bénédictin »… Je m'en voudrais pourtant de ne pas participer à cette opération. Amenez-moi Michael Monroe. Je le veux à mes pieds.

Liam ne laissa pas voir qu'il était découvert.

— C'est votre accent qui vous trahit, lui dit Conrad. Il se sait jusqu'à Londres…

*

Michael se demandait comment il était possible de s'attacher à un autre être alors qu'on ne connaît encore strictement *rien* de lui ? Cet inconnu, à peine croisé, à peine rencontré, transportait le centre de notre vie hors de nous-même, nous envahissait, supplantait des dizaines de connaissances qu'on aurait pu, ou dû, aimer à sa place…

Pour quelle raison s'était-il laissé séduire par Jenny, lui qui avait renoncé à l'amour depuis l'enfance ?

« Y a-t-il, dans nos vies, un temps d'aimer auquel on ne peut échapper ? Est-ce que j'avais appris tout ce que je pouvais apprendre *seul* ? »

« Que peut-on conserver d'un amour aussi *bref* ? »

— Plus ça brûle, moins ça dure !…

Michael se retourna. Il s'était lié à la tribu indienne des Yeohs qui vivaient à quelques kilomètres de sa parcelle. Il était surpris que le vieux sage derrière lui ait pu saisir et résumer aussi précisément le fond de sa pensée. Mais l'homme ne faisait que sermonner un jeune Yeoh qui avait empilé trop de petit bois pour son feu. Le garçon était Toona. Il s'assit à côté de Michael après avoir réduit ses flammes, posant la main sur son genou.

Avant sa rencontre avec Jennifer, Michael n'avait jamais connu l'amour. Il lui restait un sentiment universel à explorer : l'amitié.

Il sourit.

Il sentit aussi le canon d'un pistolet se poser contre sa nuque.

Trois balles assourdissantes furent tirées vers le sol, ce qui fit décamper tous les Yeohs.

— Qu'est-ce que c'est ? Qu'est-ce que vous voulez ? Qui êtes-vous ? s'écria Michael.

— Si tu penses que c'est à toi de poser les questions en ce moment, tu peux aller te faire foutre, Michael Monroe. Suis-moi.

*

Liam O'Connor le conduisit à l'hôtel East Bay, dans la chambre même où il aurait dû mourir avec Jennifer Muir.

Michael était bouleversé.

L'Irlandais le quitta en lui ordonnant d'attendre. La mémoire de Michael se mêlait à des fantasmagories. Jamais il n'oublierait le visage rêvé de Jennifer dans les flammes du *Rappahannok II*, jamais il n'oublierait non plus le sel très réel de sa peau ni le goût de son haleine pendant l'amour. Mais ici, auprès de ce lit, dans ce lieu où il n'avait jamais voulu remettre les pieds (il n'était même jamais repassé par la rue de l'hôtel), tout lui revenait des minutes passées à mourir avec Jennifer.

Oui, il avait eu un coup de foudre pour une inconnue. Une fraction de seconde avait suffi. Sans prévenir, cette femme l'avait occupé, colonisé même, avant qu'il n'apprenne son nom. Dans ces cas d'instinct pur, se disait-il, l'amour n'est pas aveugle, mais extralucide…

Une porte s'ouvrit et Conrad Muir apparut.

Les deux hommes se retrouvaient face à face pour la première fois depuis leur entrevue à Roderick Park. Michael eut très vite un curieux sentiment de soulagement à la vue de son pire ennemi.

« Il va me tuer… Je vais mourir *ici*... Là où j'aurais toujours dû… » Cette idée le remplissait de joie. Il n'avait plus osé attenter à sa propre vie depuis trois ans. Sans doute attendait-il une confrontation aussi directe ? Il espérait être tué. Il regarda les mains de Conrad en cherchant un revolver ou une lame.

Mais le vieux Muir ne portait rien sur lui. Michael se dit qu'il pourrait toujours se jeter par la fenêtre, si Conrad ne se montrait pas à la hauteur de ses « attentes ».

Il voulait en finir.

— Je vous avais averti que vous ne pourriez m'échapper, lui dit Conrad. Tout cela aurait dû se terminer autrement, si vous m'aviez écouté à Londres.

— Hormis ma mort avortée, répondit Michael, je ne regrette rien.

— Vous ne cesserez de m'étonner par votre bêtise, Monroe. C'est à se demander ce que Jennifer a pu vous trouver. Ou bien c'est moi qui me suis toujours mépris sur elle... Ça arrive... On ne connaît jamais ceux avec qui l'on vit... Sauf quand ils commencent à nous détester... Sans doute est-ce mieux ainsi ?

— Je vous interdis de dire du mal de Jennifer.

— Vous vous croyez en position d'interdire ?

— Je ne crains pas la mort. Cela autorise beaucoup de choses, croyez-moi.

Conrad fit quelques pas dans sa direction.

— Je *sais* que c'est *vous* qui avez coulé mon *Rappahannok.* Alors, en effet, il faut une dose certaine d'inconscience pour parvenir à un résultat aussi démentiel. Je ne vous en félicite pas, mais je reconnais la portée du geste.

Il était maintenant tout proche de Monroe.

— Cependant je vous tiens dans ma main exactement comme je vous l'avais prédit dans mon bureau. Je peux tout faire de vous. Je peux vous tuer et faire disparaître votre corps. Je peux implanter des indices sur mon cargo qui révéleront que c'est bien vous qui l'avez coulé. Je peux aussi vous laisser aux mains de ceux que vous avez beaucoup agacés, sans le savoir, en bloquant le Savannah. Je peux beaucoup d'autres choses… Mais je ne ferai rien de tout cela.

Il tourna les talons et prit du champ, se plaçant du côté du lit où le corps de Jennifer avait été retrouvé.

— Je vais faire pire.

Michael sourit :

— Je vous l'ai déjà dit : vous n'avez pas tous les pouvoirs, Muir.

Il haussa les épaules.

— Et vous vous foutez dedans si vous pensez que vous avez encore la moindre emprise sur moi.

Conrad eut un geste.

— Vous vous payez de mots, Monroe. Vous allez bientôt le regretter.

— Je n'ai plus d'envies, ni de craintes !

— Vous devriez m'écouter…

— Vous parlez pour les murs !

— Vous allez vous effondrer…

— Vous rêvez !

— Elle est toujours vivante.

Tout retomba brusquement dans le silence.

— …

Conrad se rapprocha de Monroe.

— Elle est toujours vivante.

Michael était blême. Son cœur bondissait, les mots de Muir résonnaient dans sa tête.

Les hommes se fixaient intensément.

— Elle n'est pas morte, insista de nouveau Conrad. Il détachait distinctement chacun de ses mots.

On a pu la ranimer… Le plus secrètement du monde… J'ai ensuite fait embarquer un cercueil de plomb soudé sur l'un de mes bateaux pour le ramener en Angleterre… Jenny est rentrée au cours d'une autre traversée… Grâce à mes appuis aux douanes, sa mort est restée parfaitement officielle… Tout comme ses magnifiques funérailles à Londres... Ses « cendres » ont été répandues dans notre jardin... C'était très émouvant... Il ne manquait que vous... Aujourd'hui, Jennifer croupit quelque part, dans un lieu connu de moi seul. Et elle pleure tous les jours qui passent. Et elle regrette toutes les minutes gâchées à cause de vous. Et elle souffre et souffre tous les jours un peu plus de ce qu'elle a osé me faire.

— Je ne vous crois pas...

— C'est égal. À partir de maintenant, je vous abandonne avec cette nouvelle. Je la laisse vous *bouffer les tripes*... Est-ce que je mens ? Est-ce que je dis la vérité ? L'important est que cette nouvelle vous rende fou, mon garçon... Complètement fou... Vous comprenez ? La pire des tortures, c'est l'espoir, n'est-ce pas ? Personne n'a jamais compris le mythe de Pandore...

Conrad aurait pu le gifler, Monroe n'aurait pas réagi, tellement il se sentait terrassé.

Muir reprit, lentement et gravement :

— Mon cargo voguera de nouveau un jour... Un *Rappahannok III* brillera dans les plus grands ports du monde. Mais vous, vous êtes définitivement fini, Monroe. Elle et vous, je vous aurai eus... jusqu'à l'*âme*.

Il serra les mâchoires, sourit, puis quitta la chambre.

Ce qui roulait à ce moment-là dans l'esprit de Michael était inexprimable.

Sa vue se troublait.

Son cœur réfutait sa raison et sa raison lui brisait le cœur.

Il fit quelques pas, puis s'écroula.

À l'endroit même où il avait pleuré Jennifer, il survivait pour la troisième fois de sa vie...

Les Bateman

1.

Mathilde Bateman rectifia une mèche.

— En histoire, la seule période qui compte pour les Américains, c'est l'époque contemporaine. Le passé n'a d'intérêt que dans la mesure où il peut leur être utile au présent. Nous avons toujours fait la promotion de nos idéaux.

Le gouverneur Humphrey l'écoutait avec intérêt, mais surtout avec étonnement.

— Il n'y a encore pas si longtemps, reprit-elle, l'Histoire servait à nous rappeler qui nous étions. Aujourd'hui, la même pourrait démontrer ce que nous ne sommes plus. Malgré ça, nous persistons à nous voir comme les continuateurs de nos ancêtres… Écoutez nos discours politiques ! Regardez nos campagnes présidentielles ! Voyez nos candidats !

Elle hocha la tête.

— Le réveil de l'Amérique n'en sera que plus mordant.

— Son réveil ?

— On peut tout craindre de notre siècle… L'Union des États d'Amérique pourrait se défaire un jour pour de bon ? Le présent est sombre, mais l'avenir est noir. Aucun pays n'est éternel.

— Votre « optimisme » vous honore, Mathilde. Surtout un jour comme aujourd'hui !

— Les peuples sont tellement à cran, et fiers. Il suffirait d'un bulletin de vote pour que des États américains reprennent leur indépendance. Qui alors, à Washington, oserait provoquer un nouveau conflit civil pour sauver la Constitution, comme au temps de la guerre de Sécession ? Je vous le répète : on doit tout craindre de notre siècle.

Humphrey remit droites les basques de son costume.

— Je ne suis pas aussi inquiet que vous, dit-il. Je pense surtout qu'il est temps que nous changions de sujet, Mathilde.

— Pourquoi ? Vous auriez préféré parler de ma robe plutôt que des États-*Désunis* d'Amérique ?

Un chœur entonnait : « *Notre escorte fidèle vous conduit jusqu'ici. Entrez où la paix de l'amour vous attend…* »

— La musique a commencé, dit Humphrey. Allons-y !

Il fit un signe pressé et les battants d'une haute porte blanche s'ouvrirent.

Le gouverneur entra dans une grande chapelle avec Mathilde Bateman à son bras, en robe de mariée. Toute l'assistance pivota vers la jeune femme et l'allée centrale. Sur l'air de la marche nuptiale de *Lohengrin*, elle avança avec Humphrey. Le gouverneur remplaçait son père. Ce dernier avait sèchement fait comprendre qu'il n'assisterait jamais à cette cérémonie entre sa fille unique et le fils de l'ennemi le plus acharné de sa famille !

Mathilde épousait ce jour Wallace W. Humphrey.

Le rapprochement de l'héritière Bateman et du gouverneur de Pennsylvanie défrayait la chronique depuis bientôt quatre ans. Humphrey et Mathilde attaquaient l'empire de Bateman par tous les bords, secondés par le FBI. Les premières victimes furent les trois O, jugés pour corruption, extorsion et blanchiment, et les deux héritiers Bateman, toujours en procès pour enlèvement et viol. Beaucoup d'entreprises commerciales liées aux Bateman durent mettre la clef sous la porte, frappées par de lourdes enquêtes administratives conduites par le cabinet de Humphrey et pilotées par Mathilde depuis la Maison Blanche. L'univers Bateman se rétrécissait. *La Fille, le Père et l'Âme damnée* ! Mathilde, John et Hubert. Ce trio shakespearien gagnait en profondeur dramatique avec le mariage aujourd'hui de la fille Bateman et du fils Humphrey. Cette union passionnait les foules.

Le gouverneur de Pennsylvanie et le FBI préparaient le plus grand procès jamais instruit contre la mafia irlandaise d'Amérique du Nord. Cette procédure prit rapidement le nom du « Procès de la Main rouge », du nom de l'organisation clandestine des Bateman qui sévissait aux USA depuis plusieurs générations.

Le mariage de Mathilde se tint au domaine des Humphrey sur l'île de Martha's Vineyard. Trois cents invités fêtaient le jeune couple sous des tentes au bord de la plage, mais dix fois plus de personnes avaient fait savoir qu'elles auraient aimé être là. Ce mariage était à la fois un événement mondain, politique, juridique et historique.

Le grand dîner se passa sans accroc. Le champagne et les grands crus aidèrent à faire oublier l'ombre de John Bateman et de sa famille qui planait sur la soirée.

Un peu avant minuit, Humphrey et Mathilde se retrouvèrent une nouvelle fois seul à seul, dans la bibliothèque du gouverneur.

L'entretien avait été sollicité par le nouveau beau-père.

— C'est à mon tour de vous parler, Mathilde, lui dit-il. Même si la teneur de cette conversation risque aussi de vous surprendre, vu les circonstances.

Il avait tout à coup abandonné le ton du « père de famille comblé » qu'il empruntait ces dernières heures.

— Je vous observe depuis maintenant quatre ans que nous travaillons ensemble.

— Je vous remercie de tout ce que vous faites pour moi, monsieur le gouverneur !

— Appelez-moi Hubert. Nous sommes de la même famille à présent.

— J'essaierai… Hubert.

Le gouverneur faisait rouler lentement un havane entre ses doigts.

— Que les choses soient bien claires, dit-il. Je n'ai AUCUNE confiance en vous, Mathilde.

La jeune mariée releva aussitôt le front. Ou plutôt, elle dressa le menton, comme piquée au vif. Cette déclaration la surprenait totalement. Elle avait, au contraire, toujours compté sur l'affection et la compréhension sincères de Humphrey à son égard.

— Je ne sais pas pourquoi vous vous êtes rapprochée de moi, poursuivit-il. Je ne sais toujours pas pourquoi vous épousez mon fils. Je suis à peu près certain que vous n'êtes pas amoureuse de lui. Mais je vous laisse faire, « manigancer »… Je vous surveille… Je ne suis pas homme à me laisser surprendre facilement. Toutefois, votre opacité reste très étonnante. Je continue de vous laisser agir, je vous aide au besoin, ne serait-ce que pour voir jusqu'où vous êtes prête à aller…

Il plissa le front. Elle avait l'impression de ne pas le reconnaître.

— Tous les jours, continua-t-il, je me dis que vous œuvrez forcément contre nous. Vous jouez une comédie écrite à quatre mains avec votre père.

Mais laquelle ? Les coups portés contre votre famille sont très puissants… Un simple jeu de votre part n'en vaudrait pas la chandelle. Ou alors, je n'ai aucune idée des règles de ce jeu que vous avez mis en place. Je reste sceptique et attentif. Plus que jamais, à présent que vous faites partie de ma famille…

— Pourquoi avoir attendu le soir de ce mariage pour me révéler vos doutes ?

— Je ne voulais pas vous décourager et manquer l'occasion unique de voir une Bateman changer de nom pour celui des Humphrey !

Mathilde haussa les épaules.

— Vous devriez avoir confiance en moi.

— Confiance ? Vous trahissez ouvertement votre père… Toute votre famille, même ! Aux yeux du monde entier ! Vous trahiriez votre mari et votre beau-père sans hésitation.

Elle demanda, l'air innocent :

— Pourquoi ferais-je jamais tout cela ?

Humphrey tira sur son cigare.

— Je pense à une ambition politique, dit-il. Avec le nom que vous portez, pour être élue, vous êtes obligée de vous racheter une conduite. La mode est à l'honnêteté et à la transparence. Vous vous rapprochez d'une famille connue pour sa droiture et son irréductibilité. Et vous vous faites les dents sur votre père et ses amis. L'Héritière aux Mains propres ! Cela pourrait être payant *électoralement*.

Il ajouta :

— Cependant quelque chose m'empêche d'adhérer complètement à cette hypothèse. La politique ne peut pas vous attirer, elle est devenue un jeu d'ambitieux fades, une arène où les animaux domestiques ont remplacé les fauves. Vous devez nourrir un objectif plus élevé.

— Vous me flattez, gouverneur ?
— Je joue cartes sur table.
— Donc, depuis que nous nous connaissons, vous jouez un rôle ? Celui du gentil et honnête gouverneur qui soutient la fille libre et rebelle d'une famille de hors-la-loi ?
— Je joue parce que vous jouez, Mathilde.
— Vous n'en savez rien.
— Vous me sous-estimez.
Hubert lui annonça qu'en tant que chef de famille il devait à sa bru un cadeau de circonstance.
— Vous avez déjà réglé la cérémonie et le dîner de ce soir, protesta Mathilde.
— C'était un plaisir de refuser l'argent de votre père pour le mariage de mon fils ! J'aurais dépensé quatre fois ça pour le même résultat.
Au-dehors, la musique et les bruits du mariage résonnaient partout.
— Je peux vous demander ce que je souhaite ?
— C'est un piège ? demanda-t-il.
— Bien entendu. Mais je ne sais pas encore pour qui.
La jeune femme se leva.
Elle changea de ton.
— L'Office comptable gouvernemental permet au Congrès de surveiller les activités de la Banque centrale américaine.
— Oui…
— Vous ne faites pas partie de cet office qui supervise la FED, n'est-ce pas ?
— Non.
— Eh bien, pour me faire plaisir, vous allez demander à y siéger.
— Comment ?
— La Réserve fédérale des États-Unis conserve plus de neuf mille tonnes d'or dans ses coffres new-yorkais.

Sur ces neuf mille tonnes, seuls deux pour cent appartiennent aux USA. Le reste revient à d'autres pays souverains et à une poignée de particuliers.

Elle se rapprocha de Humphrey.

— Je souhaite que vous vous serviez de votre influence à venir au sein de cet Office comptable pour me laisser identifier *qui* sont ces quelques rares privilégiés qui font garder leur or par le gouvernement américain.

— Vous plaisantez ?

— Pas du tout.

Humphrey haussa les épaules.

— Je ne pourrai jamais faire cela sans devoir me justifier auprès du Congrès ! Même les grandes agences comme le FBI et la CIA n'ont pas ces accès.

— C'est un très beau cadeau de mariage, merci.

— C'est hors de question !

Mathilde sourit. Elle posa la main sur son épaule.

— Vous vous faites une montagne de pas grand-chose.

— Je ne courrai pas ce risque pour vous !

La jeune femme se contenta d'un hochement de tête.

— Alors, écoutez-moi bien… Hubert. Depuis notre premier coup d'éclat à Houston, quand mon père m'a découverte à vos côtés pour défendre la taxe portuaire, toutes nos conversations téléphoniques ont été enregistrées.

— Comment ?

— Toutes !

— Par qui ?

— Par un homme de mon père.

— Quoi ?

Humphrey bondit.

Mathilde reprit :

— Tout ce qui s'est passé, mais aussi tout ce qui va arriver est aujourd'hui audible sur bandes, avec nos voix bien distinctes.

— C'est criminel ! Nous préparons un procès monstre !

— Je sais.

— Votre père va tout faire capoter !

— C'est possible.

Mathilde souriait.

— J'ignore si l'homme qui m'a mise sur table d'écoute fait ou non passer nos enregistrements à mon père.

Le gouverneur réfléchit profondément, puis se calma d'un coup.

— Vous mentez, dit-il. Vous mentez ! Ou bien l'homme qui détient nos conversations ne les a jamais transmises à votre père. Ses meilleurs amis, les trois O, et ses deux fils n'auraient jamais été arrêtés sans ça ! Non, votre père ne sait rien… Je crois plutôt que ces enregistrements n'existent tout simplement pas !…

Mathilde lui demanda :

— Pourquoi l'homme de mon père ne les transmettrait-il pas ? Et s'il le fait, alors ce serait mon père qui choisirait de ne pas s'en servir ?…

Humphrey faisait à présent les cent pas dans son bureau.

— Vous êtes une famille de fous !

Il lança un regard noir vers sa belle-fille.

— Tout ce que je comprends, dit-il, c'est que vous vous réservez une porte de sortie avec ces bandes d'écoute, s'il s'agissait de rentrer un jour dans les bonnes grâces de votre père.

Mathilde, à l'inverse de Humphrey, se rassit, toujours calme.

— Revenons à ma demande, Hubert. Ma demande d'informations sur les comptes particuliers de la FED à New York. Je crois qu'elle pourrait vous servir autant qu'à moi.

Elle sourit.

— Doutez de tout, mais pas de cela…

*

— Comment peux-tu laisser faire ? cria Frida, la femme de John Bateman, hors d'elle.

Dès le lendemain du mariage de Mathilde, les photos de la cérémonie commençaient à circuler.

— Ce ne sont qu'humiliations après humiliations, provocations après provocations ! Et tu ne fais rien ?

John était seul avec elle dans son bureau.

— Tu es d'une lâcheté confondante avec cette gamine !

Il répondit :

— C'est notre fille…

— C'est notre famille ! Cela se préserve à tout prix une famille, comme un royaume. D'abord le pays, puis le village, ensuite la famille… Combien de rois et de reines ont coupé les mauvaises branches qui menaçaient l'arbre de leur lignée ?

— Couper ? C'est de Mathilde que nous parlons ! En épousant Frida, John Bateman s'était autrefois lié pour la vie à la *Loi* incarnée dans un corps de petite femme énergique. Cette Irlandaise coriace, originaire des tourbières du Connemara, avait la *Tradition* dans le sang, une obsession pour les *Règles*, les *Apparences*, elle était *légitimiste* et *conservatrice* en tout. En devenant Bateman, elle avait épousé la mythologie familiale plus que n'importe quel autre membre du clan. Elle avait été un élément déterminant dans l'ascension de John au sein de la famille, plus dure et plus intraitable que les trois O.

— Je veux que tu ordonnes à O'Connor de s'occuper de Mathilde !

— Qu'est-ce que tu dis ?

— Jusqu'où ira-t-elle ? On dirait que rien ne te trouble, toi, des conséquences désastreuses de la trahison de ta fille. Convoque O'Connor !

John avait l'habitude des colères de sa femme, mais il ne l'avait jamais vue telle. Elle était sans doute le seul être sur terre qui réussissait à l'effrayer.

— Je t'ai rarement posé d'ultimatum…

Elle mentait. Toute sa vie, Frida avait forcé la main de son mari.

— … mais je ne peux pas laisser la folie de ta fille nous entraîner vers l'abîme !

Elle disait souvent « ta fille » en lui parlant de Mathilde.

— J'ai fait mieux qu'appeler O'Connor, dit Bateman.

— Quoi donc ?

— J'ai convoqué un conseil de famille.

La nouvelle fit son effet : Frida en resta bouche bée.

Le dernier conseil de famille des Bateman s'était tenu près de quarante ans auparavant, alors que John prenait le pouvoir au sein du clan. Il avait depuis toujours interdit qu'une nouvelle réunion des chefs Bateman se tienne, réduisant par là les tentatives de complots et les alliances néfastes.

Frida eut tout de suite l'air inquiet.

Elle se demandait quel mal pourrait sortir d'un tel conseil, dans une période aussi troublée pour le règne de John.

2.

Tout le monde répondit à l'appel inattendu du patriarche.

Un conseil de famille des Bateman, c'était une cinquantaine de chefs, de cousins influents répandus dans tout le pays, mais aussi au Canada, en Irlande, en Angleterre et en Australie. Frida annonçait, sarcastique, qu'elle devait organiser dans le manoir du New Jersey un G50 des « traîtres ».

Les familles mafieuses irlandaises n'avaient rien en commun avec les italiennes : tout le monde s'y détestait. John avait eu beau convier des orchestres traditionnels, faire voyager les meilleurs chefs gastronomiques d'Irlande, il ne se rencontrait sous son toit qu'une ambiance de suspicion et d'envie. Beaucoup de cousins refusaient de se parler ou d'être dans la même pièce. John revoyait ceux qui avaient essayé de l'empêcher de prendre le pouvoir dans la famille, et ceux qui convoitaient toujours sa place, déambulant dans les pièces de son manoir en se répétant que ce devrait être à eux de l'occuper. Et puis il y avait les jeunes générations… Toujours prêtes à tout. Le seul intérêt supérieur de ce clan, c'était l'argent. Chacun était prêt à vendre père et mère et à faire cavalier seul. À la différence de leurs comparses italiennes, la plupart des familles mafieuses irlandaises ne duraient jamais plus de deux générations. Leurs membres finissaient toujours par se trahir puis par rallier d'autres organisations. C'est ainsi que beaucoup d'Irlandais se retrouvèrent chez Al Capone. Les Bateman étaient toutefois une exception. John devait son autorité et la cohésion de son organisation à sa brutalité légendaire (les trois O, puis le Malédictin, puis le Bénédictin), son respect viscéral des règles séculaires, ses ressources financières toujours inépuisables et… son secret.

Tous les grands chefs des Bateman apprenaient, au moment de leur intronisation, quelque chose qu'ignoraient les autres membres de la famille. Ce mythe seul, vrai ou faux, suffisait à asseoir l'autorité du maître et à tenir uni un clan irlandais depuis plus de deux siècles.

Mais le secret n'empêchait pas les convoitises.

Le conseil se tint dans la grande salle de réception du manoir. Tout le monde nota l'absence des fils de John, incarcérés.

L'absence aussi, criante, de son enfant favori : Mathilde.

Personne n'ignorait que c'était ses actions qui motivaient la réunion exceptionnelle.

La dernière du genre avait entériné la stratégie de John qui voulait légitimer les rackets du clan à travers le déploiement de compagnies d'assurances.

Quand tout le monde fut en place, Frida eut à peine le temps d'ouvrir la séance : le sujet fut porté sur Mathilde. Et là, ce fut la *curée*, une excommunication ou un *herem* : un feu roulant de reproches de la part de toutes les parties contre la fille unique de John.

On s'en prit au manque de réaction de ce dernier devant l'émancipation de Mathilde.

— Tu l'as laissée faire.

— Tu es seul responsable de ce qui arrive.
— C'est la pire trahison dans nos annales.
— C'eût été n'importe qui d'autre, elle serait déjà *morte* !
— Quelles mesures comptes-tu prendre ?
— Tu ne réponds pas ?
— Faisons ce que faisaient les anciens : pas de quartier !
— Regarde où sont tes fils aujourd'hui !
— Tu n'es plus celui que tu as été…
C'est Frida qui répondit, excédée.
— John et moi n'avons jamais réfléchi à autre chose qu'au bien de la famille. Reconnaissez que nous n'avons jamais connu une aussi longue période de paix et de prospérité. Souvenez-vous où la famille en était, quand John est arrivé. Le cas de Mathilde ne sera pas négligé. Nous avons convoqué cette réunion exceptionnelle pour écouter vos avis et prendre vos conseils…
— Et John, il ne dit rien ?
John leva la tête.
— Je ferai ce que vous penserez tous qu'il convient de faire.
Alors Mathilde perdit tout.
Il fut ordonné d'utiliser les moyens les plus durs pour retourner contre elle ses attaques.
Tout le monde fit le serment de rester solidaire en prévision du procès géant de la Main rouge de Hubert Humphrey, et de toujours coordonner ses déclarations afin de protéger la famille. Chacun reconnaissait que, pour la première fois, elle était menacée d'extinction.
Il fut aussi entendu, à l'unanimité, que le prochain conseil porterait sur… la succession de John.
Ce dernier écouta sans rien dire. Rien ne le surprit. Au grand dam de Frida.

— Pourquoi as-tu convoqué tout le monde ici, si ce n'est pour réaffirmer ton autorité ? demanda-t-elle alors qu'ils étaient de retour dans le bureau de John. Jamais tu n'aurais toléré, autrefois, que quiconque te parle comme l'on t'a parlé ! J'aurais pu les empoisonner tous !... Sales chiens... Qui sait ce qu'ils vont faire si le procès se tient vraiment ?...

— Laisse-les croire que je suis faible.

— Mais tu l'es, John !

— Crois-tu ?

Il fit appeler Liam O'Connor.

Bientôt rejoint par deux jeunes cousins : des Bateman d'une trentaine d'années, l'un de Chicago, l'autre de Toronto, qui faisaient parler d'eux et auxquels on promettait un brillant avenir. Il ne serait bientôt plus envisageable de diriger le clan sans tenir compte de ces deux nouvelles figures.

L'un et l'autre étaient flattés de se voir convoqués dans le bureau du patriarche. Ils prenaient cela pour une marque de reconnaissance. Il s'agissait de leur premier conseil et ils n'avaient que peu eu l'occasion, jusque-là, de parler en privé avec John.

Frida proposa de les laisser, mais son mari insista pour qu'elle reste.

Les cousins voulurent évoquer de nouveau le sort de Mathilde. John les interrompit sèchement.

Ce fut Liam qui prit la parole.

— Votre ascension dans la famille est remarquable, leur dit-il. Vous avez su vous trouver d'importantes sources de revenus, dans vos activités respectives.

Les jeunes Bateman se regardèrent.

— Beaucoup de liquidités.

— Que vous n'avez jamais cru devoir déclarer à Joe Orton, reprocha John.

Il se leva.

Liam se tenait derrière les cousins assis.

— Nous avons mis un certain temps à comprendre l'origine de ces revenus, reprit le patriarche.

L'un des cousins voulut se lever, mais Liam le remit violemment sur sa chaise.

— La vérité, la voici : vous avez escroqué nos propres assurances en vous servant d'un importateur de sel accro au casino ! Vous avez aidé cet escroc à faire disparaître son container de sel et puis, l'assurance touchée, à vendre son contenu sur les marchés parallèles.

— Voler sa famille… Voler celui qui vous nourrit… Ça finit toujours mal…

Liam sortit un silencieux de sa veste, tendit le bras et abattit les cousins de plusieurs balles dans la nuque.

John regarda Frida. Impassible.

Les deux jeunes hommes gisaient à ses pieds.

— Voilà la succession de tes fils confortée, lui dit-il. Pour le reste, ne doute plus jamais de moi. Et laisse-moi faire.

Il essuya le sang projeté sur ses chaussures contre le pantalon d'un des cadavres.

Les Muir

1.

Michael avait espéré trouver du répit dans la vengeance. Il crut que saborder le *Rappahannok II* de Muir verserait du baume sur ses plaies. Mais la vengeance ne console jamais, au mieux elle « occupe », le temps des préparatifs.

« Comment se consoler avec un moi en moins ? On dit que quand on aime, on n'est jamais seul… On dit que quand on aime, on n'est jamais à plaindre… »

« On ne dit que des conneries… »

Michael vivait seul sur sa parcelle du Savannah. Il y avait planté une tente, après avoir lacéré et coulé son Zodiac. Il ne se lavait plus, ne se rasait plus et végétait comme un clochard en pleine nature. La tribu des Yeohs était ses seuls contacts. Les Indiens l'avaient pris sous leur aile. Ils vivaient en marge de la société. Non pas dans une réserve, mais sur une aire indéterminée, le long du Savannah. Les Yeohs ne s'autorisaient aucun pont avec le monde moderne des Américains. Ils s'efforçaient de vivre selon leurs coutumes les plus anciennes. Ils n'avaient ni électricité, ni téléphone, ni eau courante. L'essence même de leur tribu était la préservation des rites et des traditions des ancêtres. Les polices de Géorgie et de Caroline du Sud les respectaient. Il n'y avait jamais eu de problèmes de sécurité avec les Yeohs. L'alcool et la drogue n'avaient pas leur place chez eux.

Ils accueillirent Michael, car ils n'avaient jamais rencontré d'âme aussi torturée. Ils lui apprirent à pêcher, à travailler le bois. Michael sculpta de nombreuses figurines dans du noyer, toutes évoquant Jennifer. Les Yeohs comprirent ce qui le rongeait et qu'il refusait d'aborder. Ici, il était complètement coupé du monde. Aucune nouvelle ne lui parvenait de Savannah ni d'Angleterre. Avant de rentrer en Europe, Conrad Muir avait laissé courir le bruit que c'était lui qui avait coulé son cargo et ruiné beaucoup des quais sur le port de Savannah. Personne ne pouvait l'inculper, faute de preuve, mais Monroe était traité en paria.

Est-ce que Jennifer était toujours *vivante* ?

Il ne pensait qu'à cela. Il s'infligeait toutes les tortures à s'imaginer ce qu'elle devait vivre – et où, et comment ? Pouvait-elle regretter de l'avoir aimé ? Pouvait-elle vouloir l'oublier ? Conrad lui avait-il révélé qu'il était aussi vivant ?... Mais il finissait toujours par se convaincre que tout cela était impossible, une folie, un acte de vengeance de la part de Muir. Jennifer était bel et bien morte. Le mari avait menti !

Michael s'arrêtait sur cette idée quelques instants... puis le tumulte reprenait.

À la demande des Yeohs, il participait à certaines de leurs cérémonies. Une nuit de pleine lune, le vieux chaman de la tribu entouré de fumigations chanta pour répondre à la question de Michael : Jennifer Muir vivait-elle toujours ?

Les flammes du rite lui répondirent oui.

Les braises du rite lui répondirent non.

— Qu'est-ce que cela signifie ?

— Quand les signes d'en haut se montrent contradictoires, c'est que les dieux désirent que tu découvres le chemin de la vérité par toi-même.

— Comment ?

— S'ils voulaient te le dire, tu l'aurais déjà su…

Monroe ne connut qu'un bref moment de répit inattendu avec les Yeohs quand il comprit que son premier ami, le jeune Toona, était amoureux d'une petite Indienne qu'il n'osait aborder. Elle semblait dans les mêmes dispositions.

Ils étaient l'*exemple opposé* de son aventure avec Jennifer.

Jenny et lui ne se connaissaient pas avant de s'aimer. Toona et Kitbô avaient grandi ensemble.

— Avec un inconnu : on vit un coup de foudre, dit Michael. Avec un ami : on vit un coup de vent. C'est comme si l'on ouvrait les yeux sur une personne dont on croyait tout savoir, hormis qu'on allait un jour l'aimer. Alors, tout ce qui relevait de l'amitié ancienne se voit littéralement *balayé*.

Cette pastorale le raviva. L'amour continuait sous ses yeux, « jeune et fulgurant », « avec tous ses droits »… Il parvint à ses fins et le jeune couple put s'avouer ses sentiments et vivre sa passion. Quand Toona l'interrogea pour savoir ce qu'il avait retenu de son histoire avec Jennifer, Michael répondit :

— L'amour est la force de révélation sur soi-même et sur la vie en général la plus puissante qui soit. Qui n'a jamais aimé ne se connaît pas, et ne connaît personne.

Ce répit heureux ne dura pas.

La mélancolie et les angoisses reprirent Michael, plus durement et plus profondément. Il n'assistait plus aux cérémonies. Il cessa bientôt de parler. Il ne pêchait plus. Il ne quittait plus sa tente. Il dépérissait.

Quand il essayait de s'expliquer l'origine de ses accablements, il ne trouvait jamais de réponses.

« Mon seul crime, c'est d'être né… »

— Pourquoi ne rentres-tu pas dans ton pays, Michael Monroe ? lui demanda un jour Toona. Essayer de savoir si ta femme est toujours en vie ?

Michael ne daigna pas même lui répondre. Il avait tout abandonné, il voulait atteindre au renoncement complet, ne plus espérer ni vouloir ; il attendait sa rédemption de la mort : « Cette fois, *tu* ne me refuseras pas… »

Toona avait décidé de ne plus le laisser livré à lui-même. Le jeune Indien ne quittait pas le campement de Monroe. Pour conjurer le mutisme de plus en plus pesant de Monroe, il lui racontait des histoires.

Il parla de l'île d'Elba :

— C'est un lieu sacré qui nous a été ôté il y a un siècle. Les Blancs l'ont recouverte de produits chimiques… Mais nous continuons, à chaque nouvelle saison, de porter nos rites et nos prières dans sa direction.

Un soir, alors que le crépuscule se découpait contre les collines bleues, Toona attendait, assis sur un tronc, pendant que Monroe allumait un feu.

Il y eut un bruit.

Un bruit comme on n'en entendait jamais dans les parages.

Toona fut le premier à le percevoir.

C'était un ronflement de moteur.

Michael releva la tête.

Une voiture approchait.

Ses pinceaux de phare balayaient la demi-obscurité. Toona s'enfonça prudemment derrière des buissons : le dernier Blanc qui était venu visiter Monroe avait tiré plusieurs balles…

Michael se redressa.

La voiture approchait de sa clairière.

Ses yeux brillaient.

« Ils reviennent pour m'achever… »

Un puissant 4 × 4 cahotait entre les chemins de terre et les langues marécageuses : il s'arrêta en face du campement, ses lumières rasantes éblouissant toute la clairière.

Il ne bougeait pas ; Toona restait dissimulé ; le véhicule n'avançait plus ; le moteur allumé. La portière du passager s'ouvrit, et un homme en sortit enfin. Michael, la main en visière, le distinguait mal ; Toona, lui, vit tout. C'était un grand homme, mince, d'une cinquantaine d'années. Il portait un costume trois-pièces impeccable, avec des chaussures de cuir parfaitement cirées. Il tenait aussi une valise à la main droite. L'inconnu se mit à avancer en direction de Monroe. Il marchait dans la terre molle d'un bon pas, sans hésitation, souillant ses mocassins et le bas de son pantalon.

Il se planta en face de Michael.

L'homme était rasé de près, les cheveux gominés tirés vers la nuque.

— Votre nom est bien Michael David Philip Monroe ? fit l'inconnu.

— Oui.

— Né le 24 septembre 1985 à Nayemont, dans le Maryland ?

— Oui.

— Vos parents sont bien Jack Monroe et Lise Monroe, née Atterton ?

— Oui.

L'inconnu faisait entendre un très fort accent italien.

— Et vous, qui êtes-vous ? lui demanda Michael.

— C'est sans importance.

L'homme tendit sa valise à Michael.

— Pour vous.

— Qu'y a-t-il dedans ?

— Je vous laisse juge.

La valise était d'un cuir très précieux. Lourde, Michael la sentit pleine, son intérieur fortement tassé. Il la posa sur une chaise pliante pour l'ouvrir en appuyant sur deux loquets dorés.

Il leva le volet supérieur de la valise.

Il hésita alors, observant son contenu grâce à la lumière crue du 4 × 4.

Il apercevait un tapis de dollars.

Il posa la main dessus, glissa les doigts entre les piles. Toute la valise était remplie de billets de banque !

— Il y en a pour six millions de dollars, monsieur Monroe, déclara calmement l'inconnu à l'accent italien.

— Je… je ne comprends pas…

— Vous n'avez pas besoin de comprendre. Cet argent est à vous.

— À moi ?

L'anglais de Toona s'était amélioré au contact de Michael. Il entendit tout.

— Cet argent vous vient de quelqu'un qui est attaché à votre personne et qui vous souhaite le plus grand bien. N'essayez jamais de savoir quelle est cette personne, ni l'origine exacte de cette somme que nous vous remettons ce soir. Dites-vous seulement que ces billets verts vous sont légitimement destinés. Quand bien même vous essaieriez de lever les mystères qui les entourent, vous ne parviendrez jamais à comprendre.

— Mais… c'est impossible… Qui êtes-vous ?

— Je vous l'ai dit : cela n'a aucune importance. Je ne suis pas habilité à vous dire autre chose que ce que vous venez d'entendre. J'espère que vous ferez bon usage de cette fortune, monsieur Monroe. Encore une fois, ne ressentez aucune culpabilité à son endroit : elle vous est parfaitement due.

— Mais…

L'homme considéra Michael de la tête aux pieds.

— N'hésitez pas à commencer par prendre un bon bain et à vous offrir des habits neufs.

L'inconnu au costume milanais tourna alors les talons et rejoignit son 4 × 4.

La grosse voiture s'éloigna. Quand les lumières du véhicule disparurent, la lune s'était faite complètement. Les flammes jaune et bleu du feu de camp brillaient dans le noir.

Le jeune Toona fixait Michael qui demeurait immobile, béant, devant la valise qui faisait subitement de lui un millionnaire…

2.

C'est bien connu à New York : l'or dort rue de la Liberté.

L'immeuble de Liberty Street était le siège de la Banque de la Réserve fédérale. À quelque vingt-cinq mètres sous terre, rien de moins que *dix pour cent* des réserves mondiales d'or reposaient dans des coffres ultra-protégés.

Mathilde y arriva en compagnie du gouverneur Humphrey. Ils étaient accrédités par l'Office comptable gouvernemental du Congrès qui leur ouvrait des accès illimités. Le directeur les conduisit à travers les sas sécurisés, les portes blindées et les salles des coffres enterrés. Mathilde n'en revenait pas : plus de sept mille tonnes de lingots d'or étaient emmagasinées sous ses yeux. Des murs scintillants de blocs jaunes, des palettes dorées, des monceaux de barres alignées et empilées comme des briques, des racks de pièces d'or fin qui conservaient la forme des moules dans lesquels elles avaient été coulées… Il y avait plus de métal précieux entreposé ici qu'à Fort Knox.

— Vous circulez au cœur de près de cinq cents milliards de dollars, déclara le directeur de la banque.

Seuls deux pour cent de ce trésor appartenaient au gouvernement américain, le reste était la propriété de banques centrales d'autres pays qui avaient décidé de mettre l'or de leurs peuples à l'abri sur le territoire américain. Pendant la guerre froide, le plus important client de la Banque de New York avait été l'Allemagne de l'Ouest. Il y avait aussi l'or de l'Espagne, du Honduras, de l'Angleterre… Ceci était de notoriété publique. Ce qui l'était moins, c'était l'identité de quelques comptes privés, d'entreprises ou de particuliers, qui faisaient pareillement entreposer leurs capitaux en or, en billets ou en bons du Trésor, dans les tréfonds de la rue de la Liberté à Manhattan…

Mathilde cherchait un compte qui puisse avoir été ouvert sous le nom des Bateman ou sous une dénomination qu'elle pourrait identifier. Certains dépôts étaient ici beaucoup plus anciens que la FED, qui n'existait que depuis le début du XXe siècle, transférés depuis les précédentes institutions bancaires gouvernementales, quelques-uns remontant aux premières années du pays…

Le directeur de la banque présenta à Mathilde et à Humphrey le listing des comptes actifs.

La jeune femme ne retrouva nulle part le nom de sa famille.

Elle n'avait, pour toute documentation, que les quelques remarques enregistrées dans un dossier par les agents du FBI sur ce rapprochement entre la FED de New York et la pègre de John Bateman. Cinq comptes ne portaient pas de nom pour titre, mais une longue suite de chiffres. Mathilde demanda le nom des référents de ces comptes anonymes. Ces dépôts avaient presque tous d'énormes banques internationales pour gestionnaires. Cependant, l'un d'eux était géré par un simple cabinet notarial italien : *Maltesere & Fils*.

Le nom surprit Mathilde. Elle était certaine de l'avoir lu quelque part dans les dossiers du FBI. Ou de l'avoir entendu dans la bouche de son père.

Elle demanda à visiter ce coffre-fort.

Il y en avait là pour près de deux milliards de dollars de dépôts.

Les lingots étaient entreposés dans une cellule aux portes grillagées peintes en bleu. Mathilde saisit plusieurs des barres entre les mains. Certaines étaient plus récentes que d'autres.

— Il en entre régulièrement, lui confirma le directeur de la banque.

Il désigna une pile spécifique dans un coin du coffre. Mathilde saisit un lingot et y lut le poinçon historique de la Royal Mint britannique.

— Il date d'avant la Révolution ! s'émerveilla le directeur.

Mais, de trace ou de nom qui pouvait rapprocher cet or de la famille Bateman, Mathilde n'en trouva nulle part.

En quittant la banque, Humphrey déclara, laconique :

— Tout ça pour rien…

*

De retour à Washington, Mathilde retrouva son bureau de la Maison Blanche.

Elle entra au premier étage du cabinet, sur l'aile Ouest, saluant tout le monde. Avant qu'elle pousse la porte de son bureau, une des secrétaires des Affaires législatives lui dit :

— Votre rendez-vous de onze heures a été avancé à dix heures trente.

Mathilde s'étonna.

— Mon rendez-vous ? Quel rendez-vous ?

Elle était certaine de ne pas avoir de rencontre prévue ce matin au bureau. La secrétaire eut un doute. Elle repassa derrière son ordinateur.

— Si, fit-elle. Vous avez bien un rendez-vous enregistré pour ce matin. Il est dans le logiciel depuis plusieurs semaines.

— À quel nom ?

— Je… je n'en ai pas… Juste un créneau de réservé pour vous ici, ce matin…

La secrétaire vit l'air circonspect de Mathilde.

— Ne vous inquiétez pas, fit-elle, si c'est une erreur, la personne n'arrivera jamais jusqu'ici. C'est sans doute le rendez-vous de quelqu'un d'autre qui a été mal renseigné.

Mathilde rentra dans son bureau et reprit ses dossiers, sans plus y penser. Mais, à dix heures trente, la secrétaire lui annonça que le rendez-vous mystérieux venait bel et bien d'arriver.

Un homme entra dans la pièce de Mathilde.

Il avait une cinquantaine d'années, il était grand et très bien habillé.

Il s'assit en face de la jeune femme sans lui demander d'autorisation ni se présenter.

— Je ne crois pas que nous nous connaissions, lui dit Mathilde. Je n'ai même pas souvenir qu'un rendez-vous ait été pris entre nous. Il doit s'agir d'une erreur.

Elle remarqua que l'inconnu ne portait aucun badge de visiteur sur sa veste lui permettant de circuler au sein de la Maison Blanche.

— Comment êtes-vous arrivé jusqu'ici ?

L'homme sourit. Il eut un geste.

— Oh, vous savez, dit-il… Je suis ici un peu chez moi…

Il avait un fort accent italien. Son geste désignait la bâtisse autour d'eux.

— Cette maison, c'est nous qui l'avons payée.

— Pardon ?…

Mathilde fronça les sourcils, se demandant quel original elle venait de récolter.

L'homme sortit une carte de visite et dit :

— Vous êtes aujourd'hui l'ennemie numéro 1 de la famille Bateman, madame Humphrey… Pourtant, sans vouloir vous offenser, vous devez apprendre que les authentiques pires ennemis de votre clan, et les plus anciens, ce sont… *nous*.

Mathilde lut la carte :

Maltesere & Fils.

— Mon nom est Milo Maltesere, dit l'homme. Je suis ravi de faire enfin votre rencontre… Je vous suis pourtant depuis votre naissance.

— Je…

— Non, la coupa l'homme. Vous n'avez aucun autre rendez-vous de pris aujourd'hui, et c'est tant mieux, car ce que j'ai à vous raconter va nous occuper un certain temps…

3.

Michael Monroe renaquit entièrement, soutenu par l'enthousiasme des Yeohs. Il commença par aller rencontrer les propriétaires des parcelles qui entouraient la sienne, sur la rive nord du Savannah. Armé de ses mystérieuses liasses de billets, il leur expliquait qu'il souhaitait acheter leurs lots afin de sécuriser l'implantation d'une « réserve naturelle » au profit de la tribu des Yeohs avec laquelle il s'était lié. Ses offres se prévalaient d'un but strictement philanthropique et soucieux de la préservation des équilibres naturels.

Il offrait surtout de payer cash. La plupart des propriétaires étaient de simples agriculteurs de Caroline du Sud et de Géorgie. On se moqua de lui… Toutes ces terres incultes n'avaient absolument aucune valeur, et Michael les emportait à des prix au-dessus de ceux du marché. Avec cette stratégie, il les obtenait à tous les coups. Au bout de sept mois, il avait acquis tous les lots qui l'intéressaient, près de cinq cents hectares du comté de Jasper. Il n'y eut jamais de transaction devant notaire, simplement des passations de la main à la main de titres de propriété. Payer en espèces présentait deux avantages : il ne laissait aucune trace, et les vendeurs, ne voulant pas faire savoir à leurs voisins ni au fisc qu'ils venaient de toucher une somme, n'en parlaient eux-mêmes jamais…

Toute l'opération se déroula dans la plus parfaite discrétion.

Le seul qui fut alerté de ce qui se tramait sur cette rive désolée du Savannah était… John Bateman.

— Qu'est-ce qu'il fiche ?

Bateman avait accepté de laisser Conrad Muir s'en prendre directement au naufrageur du *Rappahannok II*, mais, depuis, il ne voyait rien venir de concret et faisait tenir Monroe à l'œil par Liam O'Connor et ses espions.

— Il achète des terres, dit Liam à Bateman.

— Avec quel argent ?

— Aucune idée.

— Quel est son but ?

— Avant de couler le cargo, il a fait plusieurs demandes de prêts auprès des banques de Savannah, dont la nôtre. J'ai pu obtenir son dossier de sollicitation. Monroe y explique qu'il pense que le port de Savannah devra un jour s'étendre et que les terres vierges de l'autre côté du fleuve seront les meilleures pour une extension. Il réclamait alors un prêt pour les acheter à bas prix et attendre de les revendre avec une marge énorme. Aucune banque n'a été partante pour le suivre sur ce projet.

— Je comprends. C'est soit fumeux soit génial. Tout ce que déteste un banquier.

— Que fait-on, monsieur ?

John réfléchit et dit :

— Amenez-moi ce type.

*

Cette fois, Liam ne se servit pas d'une arme à feu pour conduire Michael Monroe. Il fit envoyer une demande officielle de rendez-vous, qui devrait se tenir à Savannah dans un hôtel cinq étoiles. La demande s'annonçait d'ordre « immobilier ».

Monroe connaissait les Bateman de nom. Il s'inquiétait qu'ils puissent avoir repéré ces multiples achats de parcelles ; il se souvenait du refus de prêt de la Bateman National Bank…

Il retourna à Savannah pour honorer le rendez-vous. Il était toujours *persona non grata* dans la ville et sur les ports. La rencontre avec John eut lieu à l'hôtel Hamilton-Turner.

— Le service des prêts de ma banque à Savannah m'a transmis votre demande de l'année passée, lui dit Bateman. J'aimerais que vous m'en disiez un peu plus sur ce projet d'un nouveau port sur l'autre rive du Savannah…

Michael s'exécuta, un peu à contrecœur.

— Quel serait le coût de cette aventure ? demanda John.

— Plusieurs milliards.

— Je ne vois qu'une institution qui pourrait se lancer dans une extension d'une telle dimension.

— En effet.

— Washington.

— Ce serait l'idéal. Des fonds privés vont être longs à réunir. Cependant, avec les années, les arguments logistiques et financiers finiront par tourner en ma faveur.

— Je n'en doute pas.

— Je peux attendre. Je ne suis pas pressé.

Bateman sourit. Il leur avait fait servir une excellente bouteille de vin français.

— Connaissez-vous le fonds d'aide portuaire, Monroe ?

— Un peu…

— Il y a aujourd'hui plusieurs milliards de dollars qui dorment dans les caisses de la recette de cette taxe.

Je pourrais vous aider à les orienter stratégiquement vers votre brillante idée.

Alors qu'il dirigeait sa société de maintenance sous-marine, Michael avait toujours été engagé et payé pour ses missions par le Corps des ingénieurs de l'armée des États-Unis. Il connaissait parfaitement le fonctionnement de la taxe portuaire dont parlait Bateman, et son mode d'attribution.

— Si vous y arriviez, en quoi cette opération vous avantagerait-elle ? demanda-t-il à John.

— Disons que cela va dans le sens de certains de mes intérêts... Vous m'avez déjà coûté des fortunes avec votre sabordage du *Rappahannok II*, Michael Monroe (reconnaissez que j'ai été une victime bien involontaire de vos différends avec le couple Muir...), vous me devez un geste, alors même que c'est moi qui en fais un aujourd'hui en votre direction.

Monroe sourit. Il sentait les étoiles s'aligner. D'abord, l'argent secret. Maintenant Bateman et les fonds publics. La chance était en train de tourner. Son appétit de vengeance s'en trouvait décuplé. Il voulait se hisser le plus haut possible pour mieux couler Conrad. Le garçon qui avait autrefois surveillé ses passions avait laissé place à un adulte voué à sa haine.

Il demanda :

— Dites-m'en davantage sur cet argent bloqué du fonds portuaire.

— C'est très simple. Il est géré depuis Washington. Au Congrès...

*

Quelques mois plus tard, le gouverneur Hubert Humphrey, alors en rendez-vous au Congrès, reçut des nouvelles encourageantes sur sa boîte mail au sujet du procès en préparation contre la famille Bateman.

Il sourit et se retourna vers la personne avec laquelle il était en conversation.

— Pardonnez-moi, lui dit-il. Vous vous nommez Monroe.

— Michael Monroe, j'ai grandi en Grande-Bretagne, mais je suis né en Amérique, dans le Maryland.

— Je vous écoute.

Michael était assis dans un profond fauteuil de cuir dans le large bureau du gouverneur de Pennsylvanie.

— Avant de m'installer en Géorgie, dit-il, j'ai occupé en Angleterre plusieurs postes au port de Tilbury. Le plus grand port industriel du sud de Londres.

Humphrey leva la main :

— Je vous arrête ! Vous n'allez pas encore me proposer un accord bilatéral entre notre ministère de la Marine et le secrétariat de l'Amirauté britannique ? Cela fait des décennies que Londres nous tanne avec ce projet.

Michael sourit :

— Non, monsieur le gouverneur. Ce que j'ai à vous proposer est infiniment plus précieux qu'un accord transatlantique. Et il n'a été pensé qu'au bénéfice des concitoyens américains et de l'économie de notre pays.

Il reprit son boniment :

— À Tilbury, j'ai assisté au chantier d'agrandissement du port. Comme je vous l'ai dit, il s'agit du plus vaste port industriel du royaume, équivalent à ceux que nous avons sur la côte est des USA. Mais il avait presque atteint sa pleine capacité. Vous n'ignorez pas à quel point le trafic mondial de marchandises en mer a bondi ces dernières années avec la hausse de la consommation. Aussi, au lieu de créer un nouveau port sur la Tamise, il a été décidé de réserver des terres sur la rive opposée du fleuve, à côté de Gravesend, pour y implanter la nouvelle extension. De la sorte, les personnels et les ressources en matériels resteraient concentrés sur place et bien des postes pourraient être mutualisés.

— C'est un compromis judicieux, en effet.

— J'ai étudié les différents éléments nécessaires à Tilbury pour réussir une telle convergence. Quand je suis arrivé en Géorgie, en travaillant sur le port de Savannah, j'y ai tout de suite retrouvé des avantages géographiques et techniques analogues à ce que j'avais connu en Angleterre. Cet endroit fut celui de ma révélation !

— Vraiment ? Une révélation ?

La voix de Humphrey restait égale : il ne faisait aucun effort pour mettre son interlocuteur à l'aise. Ce dernier, impressionné par les lieux, sentit que son mot de « révélation » était peut-être un peu trop fort.

— Disons plutôt… une *intuition*, corrigea-t-il. Intuition qui allait se concrétiser, après quatre années d'intenses études et de réflexions, en un projet industriel et économique irréfutable !

Humphrey fit la moue.

— Vous êtes ici au Congrès, dit-il, devant un élu de la Nation, monsieur Monroe, pas devant une banque ou un *board* d'investisseurs. Venez-en au fait qui pourrait intéresser et ma fonction et mon mandat.

Monroe reprit calmement son exposé.

— Dans moins de vingt ans, le port de Savannah, qui est le deuxième plus important du pays, arrivera à pleine capacité. Si on anticipe cette échéance, comme les Anglais l'ont fait avec le port de Tilbury en étendant le port sur la rive opposée du fleuve, le port de Savannah aura toutes les chances de devenir, non seulement le premier port américain, mais le premier port de marchandises au monde. Les conditions géographiques sont idéales pour un tel projet. Ce qu'il faut, c'est une conscience politique (c'est pour cela que je suis là), et des financements à la hauteur de l'ambition (c'est pour cela que vous êtes à votre poste au Congrès…).

Michael étala sur le bureau une carte du fleuve Savannah à hauteur de l'île d'Elba.

— Toute la rive sur la partie de la Caroline du Sud qui va de Savannah à l'estuaire est constituée de terrains vierges, marécageux, jamais exploités. L'espace nécessaire pour de nouveaux quais et des aires de stockage.

Humphrey se pencha sur la carte. Michael désigna la région des parcelles qu'il avait méthodiquement et patiemment acquises ces derniers mois. Il situait le cœur du nouveau port juste en face de Savannah et de l'île d'Elba.

— Nulle part aux USA vous ne trouverez une concentration de possibilités comme celles-ci, dit-il. Aucun port n'est aussi bien doté que celui de Savannah pour pouvoir s'étendre et affronter, à jeu égal, la concurrence des grands ports chinois.

Monroe déroula devant Humphrey une seconde cartographie avec des projets de plans d'extension pour le port de Savannah. Une dizaine de super quais pour des super cargos, des hectares de stockages et de traitements hypersophistiqués.

— Avec de nouveaux accès autoroutiers et une gare, ce port pourrait desservir tous les approvisionnements mondiaux depuis l'Atlantique vers le nord du pays et le Canada. L'ancien port de Savannah se chargerait de l'ouest et du sud.

— Je comprends votre projet, monsieur Monroe, cependant, ce n'est pas à moi qu'il faut le proposer, mais aux gouverneurs de Géorgie et de Caroline du Sud. Je ne suis que le gouverneur de Pennsylvanie.

— Mais vous êtes aussi à la tête de la commission pour la taxe portuaire.

Humphrey sourit. Il se recula.

— Je comprends mieux.

Michael se redressa à son tour.

Les cartes restaient entre les deux hommes.

— Premièrement, dit Monroe, un port de cette envergure ne devrait jamais être laissé à des seules sociétés privées. Il serait stratégique pour l'État d'en détenir des participations substantielles. Pour ce faire, il lui suffirait de puiser dans l'encombrant excédent actuel de la taxe portuaire pour financer ce projet public…

Humphrey souriait toujours.

— Chacun sait que la destination de ces fonds bloqués de la taxe fait débat depuis plusieurs années, poursuivit Michael. Le Congrès est très critiqué pour son absence de décision en la matière.

Il disait juste. Le sujet de la taxe empoisonnait la vie de Humphrey.

— Avec mon nouveau port, vous feriez coup double ! En trouvant un bon usage pour ces milliards… avec, de surcroît, un sens civique que personne n'osera vous contester.

— Mais alors, dit Humphrey, je vous retourne la question ; où se cache *votre* intérêt dans cette entreprise ?

Les hommes se regardaient dans les yeux.

— Je possède certaines des parcelles sur le bord du fleuve qui devront être rachetées ou louées par le nouveau port.

— D'accord.

— Je voudrais aussi récupérer l'île d'Elba qui se situe au milieu du fleuve Savannah.

— C'est tout ?

— C'est tout.

Humphrey réfléchit longuement, puis demanda :

— Vous m'avez *vraiment* tout dit, Michael Monroe ?
— Non.
— Cette intuition, aussi, me chatouillait !
Michael répondit :
— L'un des arguments qui pourraient vous séduire afin d'établir un port à caractère public sur le Savannah est le suivant : si l'État devenait actionnaire, il pourrait, sans embarras, s'opposer à ce que les assurances Bateman viennent jamais se tailler une part du gâteau.
Humphrey plissa le front.
— Décidément, vous me connaissez très bien, monsieur Monroe.
— Tout le monde vous connaît, gouverneur. Votre guerre contre les Bateman n'est un secret pour personne.
Humphrey observa de nouveau les cartes sur son bureau.
— Comment nommerez-vous ces parcelles qui vous appartiennent et d'où devrait sortir le nouveau port ?
— Je les ai rebaptisées. Ce seront désormais les Rives de Tomoguichi.
Humphrey raccompagna Monroe à sa porte.
— Je vais réfléchir à votre idée.
Ils se serrèrent la main.
— À bientôt.
— Je l'espère.
À ce stade, Michael n'en espérait pas davantage.

*

En Géorgie, l'information selon laquelle Michael s'était porté acquéreur de parcelles incultes de l'autre côté du fleuve finit par se savoir et fit sourire tout le monde. On se moqua de lui : « Pourquoi ne pas acheter des terres sur les collines bleues ?… » Le ressentiment à son égard depuis le *Rappahannok II* n'avait pas faibli.

Osant se remontrer à Savannah, il ne fit jamais étalage de sa fortune. Il dissimulait et préservait jalousement les dollars de sa valise.

Après le sabordage du *Rappahannok II* et sa rencontre avec Conrad Muir, il avait dû revendre à perte sa société de maintenance et quitter son petit appartement de Port Wenworth. La rumeur disait qu'il vivait depuis comme un sauvage sous une tente, sur un arpent de terre privé d'eau et d'électricité… Plusieurs journaux locaux firent des articles à charge contre lui, le baptisant le « Naufrageur ». Un bar de dockers lui refusa son entrée. Il avait un nouveau Zodiac : on le lui coula dans le port. Chacun lui jetait au visage qu'il ferait mieux, avec son accent ridicule, de retourner en Angleterre. D'autres l'apostrophaient en public : comment osait-il ne pas se faire oublier après ce qu'il avait commis ?

Et puis la nouvelle tomba.

De Washington.

Comme une bombe.

Le fonds portuaire affectait tout son surplus de taxe à la création d'un nouveau port, une extension gigantesque de celui de Savannah… à construire sur la rive nord du fleuve !

Personne ne s'y attendait.

Le gouverneur Humphrey et les membres du *board* du port de Géorgie confirmèrent l'ambition historique de ce projet voté au Congrès. La nouvelle fut accueillie avec des transports de joie : Savannah allait devenir le plus grand port commercial au monde ! Le lancement officiel du projet se tint à la mairie de Savannah en présence des gouverneurs de Géorgie et de Caroline du Sud. L'humeur des pontes du port était festive : les milliards du fonds portuaire leur tombaient dessus comme une manne inespérée. Beaucoup de citoyens étaient présents : les retombées économiques seraient immenses pour toute la région.

La salle des discours de la mairie était émaillée de roses blanches et de drapeaux américains, sous une large bannière portant la devise de l'État : « Sagesse, Justice, Modération ». Le poète officiel de la Géorgie lut une œuvre sur la destinée du fleuve géorgien, le Savannah, autrefois nommé le Sawanwaki, toujours promis à un grand avenir, à la fois artère et poumon de la région. Dans la salle de bal, les plus anciens valsaient sur l'air de *Notre Géorgie*. Les journalistes étaient nombreux : le monde entier avait les yeux braqués sur Savannah. Avec son nouveau port, l'Amérique allait reprendre l'avantage dans la bataille mondiale du commerce maritime.

Et puis vint la surprise, mêlée de stupéfaction…

Michael Monroe apparut à la mairie. Il se glissa au milieu de la foule, ne réagissant pas aux traits :

— Qu'est-ce qu'il vient faire ici ?…

Il avançait lentement vers l'estrade et le *board* du nouveau port.

Le gouverneur Humphrey l'accueillit en personne.

Personne ne comprenait.

Mais le public apprit bientôt que la première action du fonds portuaire avait été de racheter les terres du bord du fleuve à leur seul et unique propriétaire : Michael Monroe !

Ce dernier devenait… absolument *richissime*. Et l'homme le plus puissant du prochain complexe industriel, car il s'était réservé un emplacement de quai stratégique.

Dans l'assistance, le long du buffet, plusieurs s'étouffèrent en avalant leur *grits*. Tout était renversé.

Le « Naufrageur » devint aux yeux des Géorgiens le « Campeur millionnaire ».

Du haut de l'estrade, Michael Monroe souriait à demi. Il ne fit aucun discours. Il se contentait d'arrêter son regard sur ceux qui s'étaient mal comportés avec lui : l'homme qui avait coulé son Zodiac ; celui qui avait essayé de le frapper devant un bar ; un plumitif du *Savannah Herald* qui l'avait accablé d'articles diffamatoires…

Michael savait que la vengeance ne lui apporterait aucun réconfort, pourtant l'excitation l'avait regagné. Son plan ne s'arrêtait pas à simplement fouetter la bêtise et la mesquinerie de quelques habitants de Savannah, il visait toujours Conrad Muir. Son argent, le nouveau port, son nouveau pouvoir, c'était contre Muir que Michael les dirigerait. Son vrai plan était plus froid et plus tranchant. Il avait résisté au piège de Conrad : il avait oublié le souvenir torturant de Jennifer. Il n'y pensait plus. Il s'était imposé le deuil, comme il l'avait fait enfant après la disparition de ses parents et de son frère. Une nouvelle fois, il s'était « tué intérieurement ». Il n'aimerait plus. *Personne.*

Du haut de l'estrade de la mairie de Savannah, il semblait déjà dominer Roderick Park. L'ancien paria posait entre les gouverneurs, avec un demi-sourire toujours aussi indéchiffrable.

À compter de ce jour, quand il marchait dans les rues de Savannah, les passants le saluaient.

Il ne s'embarrassait jamais de leur répondre.

Il n'avait rien oublié.

Du côté de la population, depuis le *Rappahannok II*, on le savait capable de tout.

La plupart le craignaient.

Michael était riche et ne s'en cachait plus.

En quelques jours, il racheta les principaux journaux de Savannah qui l'avaient traîné dans la boue ainsi que l'emplacement de l'hôtel East Bay, détruit puis revendu par Conrad Muir… pour le faire reconstruire. À l'identique.

4.

Depuis un an, les médias parlaient régulièrement du grand procès à venir de la famille Bateman. Un procès historique.

Avant même l'ouverture du tribunal, des fuites avaient révélé des pans de l'affaire au public. Ce procès à New York, qui avait d'abord pris le nom de « la Main rouge », changea pour celui des « Secrets de famille » : malgré leurs promesses au manoir, les Bateman se trahissaient allègrement. Ces dénonciations alourdissaient le nombre spectaculaire de faits criminels imputés à John et aux siens. La famille se reniait, pour mieux sauver sa peau et renverser le patriarche…

De son côté, John ne faisait, ni ne disait rien.

L'empire Bateman était au bord de l'effondrement et lui donnait l'impression… d'attendre. Il restait enfermé chez lui, il ne voyait plus personne, ne répondait plus au téléphone, ne donnait plus d'ordre ni d'instruction à ses troupes, les descentes de police étaient de plus en plus fréquentes dans les locaux du groupe, partout des scellés étaient posés, les chefs du clan étaient perquisitionnés chez eux, les arrestations se multipliaient, et les seules informations que John acceptait de recevoir provenaient de Joe Orton et de Liam O'Connor, baptisés ses « corbeaux »…

Reclus, John paraissait laisser Hubert Humphrey et ses procureurs creuser sa tombe.

— Je vais vous confier quelque chose, Liam, dit-il.

Les deux hommes étaient dans le pub irlandais de Manhattan qui offrait le meilleur *black pudding* d'Amérique.

— Vous avez toujours votre maison perdue en Californie ?

— À Ojai, oui, monsieur.

Liam dévorait une douzaine d'huîtres arrosées de Guinness. John trempait son pain au lait dans sa propre bière. Les deux hommes étaient au petit déjeuner. Autour d'eux, le pub était désert.

— Vous y êtes en sécurité ?

— J'y suis au calme. Je m'occupe moi-même de ma sécurité.

— Vous êtes prêt à y retourner pour un certain temps ?

— Vous voulez vous y retirer ?

— Moi, non. Mais *ça*, oui.

John avait apporté une boîte de cèdre renforcée et fermée avec un verrou à chiffre. Elle avait la taille d'un gros livre et pesait assez lourd.

Liam n'essaya pas de jouer avec la serrure pour l'ouvrir.

— Je veux que vous emportiez ceci avec vous et que vous le gardiez à tout prix. Envolez-vous pour la Californie. Disparaissez. Oubliez toutes vos missions en cours. Vous n'en avez plus qu'une : défendre ce bien.

— Joe Orton est au courant ?

— Il le sera en temps utile.

Le serveur leur apporta du chou au bacon, presque aussi bon que ceux qu'on pouvait déguster sur les berges de la Foyle. Bateman n'avait pas choisi ce restaurant au hasard.

Liam sourit. Mais il avait le sentiment qu'il ne devait plus revoir son patron avant longtemps…

Quand il résidait à Manhattan, il passait beaucoup de temps à marcher au bord de l'Hudson, dans Central Park, le long de Battery Park… Il se fichait du cœur de la ville, de ses grandes avenues, de ses frontons clinquants, de ses théâtres et de ses cinémas.

Chez lui, il n'allumait jamais la télé. Il utilisait peu sa voiture. Il pouvait rester des soirées entières à fixer les flammes de sa cheminée au gaz, toujours étonné de ce qu'il disait être leur « liberté à être ». Il connaissait toutes les églises de Manhattan. Après plusieurs après-midi passés sur les bancs de la cathédrale Saint-Patrick, il s'était fait remarquer par l'évêque du diocèse. Mais, ici comme dans son Irlande natale, Liam lui avait sèchement laissé entendre qu'il n'était pas un fidèle, mais un homme qui aspirait au calme.

Ce à quoi l'évêque lui avait répondu :

— Ce n'est pas le calme que vous cherchez, mon fils, mais la paix. Veuille le Seigneur vous l'accorder dans Sa maison…

Né sur une île, Liam aimait New York parce qu'elle était une île.

Mais pas davantage.

Il boucla ses bagages. C'était la première fois. D'ordinaire, lorsqu'il retournait à Ojai, il n'emportait pas d'affaires, sa maison de Californie offrait tout ce dont il avait besoin, et il ne s'absentait jamais pour de longues périodes. Cependant, aujourd'hui, John Bateman était resté indécis quant à la date de son retour.

Liam quitta Manhattan en taxi avec la précieuse boîte de cèdre.

À l'aéroport de Newark, il eut un moment d'inquiétude en la laissant glisser sous la machine à rayons X. Il ne respira qu'en bouclant sa ceinture dans l'avion, le mystérieux objet posé sur les genoux.

Bateman ne lui avait fourni ni code ni clef pour l'ouvrir.

Il n'avait pas la moindre idée de ce qu'elle contenait.

Sept heures de vol plus tard, il retrouva la place de parking qu'il louait à l'année à Lax. Il grimpa dans sa Ford et prit la direction du nord de Los Angeles.

Il franchit deux vallées avec l'Interstate 101, chacune verdie par d'immenses champs d'avocatiers. Puis, passé Ventura, il remonta vers les collines au sud d'Ojai et s'arrêta en ville pour se ravitailler au marché bio. Il emprunta ensuite un chemin de terre, derrière le golf, et grimpa longtemps vers les sommets.

Son hacienda, bâtie par un maître de yoga mexicain qui avait semé son jardin de pierres telluriques, dominait la côte californienne sur le Pacifique. Des kilomètres de champs de collines s'offraient à la vue sans la moindre habitation ou le moindre sillon de route bitumée.

Le premier geste de Liam fut d'aller dissimuler la boîte de John en contrebas de la maison, sous un abreuvoir qu'il avait installé pour les animaux sauvages. Ce point d'eau lui avait souvent permis d'observer des biches, des coyotes et des renards. Aux heures les plus chaudes, c'étaient les condors qui interrompaient leur haut vol pour venir s'y abreuver.

La maison était vaste pour un ermite comme Liam. Elle comptait quatre chambres jamais occupées. Il préférait dormir à la belle étoile sous sa pergola.

Moins d'une heure après son arrivée, on sonna à la porte.

C'était son unique voisin, l'ex-policier, qui venait, comme à chacun de ses retours, lui apporter son courrier.

L'homme avait la soixantaine. Il avait fait valoir ses droits à une retraite anticipée après la mort de sa femme pour venir se retirer ici, sur les collines de Ventura. Ses mobile homes étaient rangés sur un mont voisin, en demi-cercle, accessibles à pied. Depuis l'emménagement de l'Irlandais, il était heureux de compter de nouveau un voisin et Liam était soulagé d'avoir quelqu'un pour garder un œil sur son hacienda en son absence. Le vieux flic possédait un jeu de clefs de la maison, Liam lui avait laissé entreposer une de ses voitures de sport de collection dans son garage, ce qui lui avait gagné sa reconnaissance immédiate.

— Ça y est ? On s'installe pour de bon ?

Le voisin n'avait jamais vu Liam revenir ici avec des valises.

— Oui, je suis sans doute là pour un moment.

— Ça ne peut pas vous faire de mal…

Liam l'invita à partager son déjeuner.

— La saison est encore très sèche, annonça le flic. Les risques d'incendie n'ont jamais été aussi élevés. Un jour, les flammes viendront nous mordre les doigts de pied… Isolés comme nous le sommes, nous ne serons pas les premiers secourus… Il va falloir débroussailler…

Liam et son voisin n'avaient pas l'eau courante à cette altitude. Ils utilisaient de grands réservoirs à l'entrée de leurs domaines qu'ils faisaient remplir d'eau douce par camion plusieurs fois l'an. Liam s'était ajouté une double cuve quand il était devenu propriétaire. Il la fit remplir à ras.

Il appliqua les conseils du flic. La Californie ne cessait de flamber depuis une vingtaine d'années. Pour mieux protéger son hacienda du feu, il rasa les hautes herbes et se fit livrer plusieurs mètres cubes de gravillons dont il cerna la maison, en dessinant méticuleusement une large bande. Ainsi, les flammes de sol seraient-elles arrêtées, aussi bien que s'il s'était retranché derrière un cours d'eau.

Liam travaillait quasiment nu au grand air, faisant bronzer son énorme tatouage sur le dos. L'effort l'occupait et le ragaillardissait. Il envisageait de se bâtir une petite chapelle. Il ne recevait plus de nouvelles de John Bateman ni de Joe Orton. Ici, les téléphones portables ne passaient pas, Liam n'avait que sa ligne fixe et aucun Internet. Il ignorait si les préparatifs du procès à New York avaient apporté de nouveaux scandales publics sur la famille Bateman. Quand il descendait en ville, il ne prenait pas la peine de lire les journaux. Il repensa aux agents du FBI qu'il avait souvent recroisés lors d'événements publics auxquels Bateman participait : Fray et Donner devaient jubiler. Liam vérifia fréquemment que la terre n'avait pas été remuée sous son abreuvoir à bêtes. Le bac à eau était entouré de peaux mortes de serpent : les crotales se servaient de ses angles pour s'y desquamer.

Il envisageait de se mettre à la confection de confitures avec les fruits de son verger. Il était en train de récolter ses premiers abricots quand son voisin le rejoignit.

En le voyant apparaître, Liam comprit tout de suite que quelque chose n'allait pas.

Le flic portait une valise et une sacoche. Il ouvrit la sacoche et en sortit un kit de détection avec une tablette de contrôle. Il disposa une tourelle portative en hauteur dans la maison de Liam et revint auprès de lui avec la tablette.

— C'est un système de détection de mouvements thermique, dit-il. Cela vous avertit si un homme approche de chez vous à plus de deux kilomètres à la ronde.

— Un homme ?

— Oui. On a de la visite.

Le flic possédait ce radar depuis longtemps. Vivant toujours seul, il courait le risque de se voir victime d'un casse visant ses trois voitures de collection, le fruit d'une vie d'économies. Depuis chez lui, l'aire de surveillance du radar englobait la maison de Liam.

Il alluma la tablette de contrôle sous les yeux d'O'Connor.

La région vallonnée se dessina en images monochromes. Seuls trois points vifs et colorés, virant du bleu vert à l'orange rouge, apparurent. C'étaient trois hommes. Liam estima qu'ils se trouvaient à au moins cinq cents mètres d'eux.

— Ils sont arrivés hier matin, dit le voisin. Ils n'ont pas bougé depuis, près de leur 4 × 4 bien planqué. Je me suis approché. Trois beaux colosses. Sans doute d'anciens militaires. Ils sont armés jusqu'aux dents, et ils observent votre maison.

Il montra à Liam des clichés qu'il avait pris sans se faire remarquer.

— Ce ne sont pas des randonneurs… dit-il. Ce ne sont pas des chasseurs… Et quand j'ai vu ce matin qu'ils nous avaient coupé les lignes de téléphone, je me suis dit que ce n'étaient pas plus des ornithologues…

Il ouvrit sa grande valise.

Liam vit apparaître six fusils d'assaut, de grosses boîtes de munitions et des pistolets !

— On n'arrivera pas à prévenir les autorités à temps sans ligne de téléphone, dit le flic survolté. Ces gars ne vont pas tarder à nous tomber dessus. Mais ne craignez rien : je suis là.

Il entra dans la maison de Liam et dissimula ses armes chargées dans chaque pièce, comme en prévision d'un siège.

Quand il revint dans le salon, Liam avait sorti d'un placard une protection de sac de golf. Il ne s'y trouvait pas des clubs, mais une demi-douzaine d'armes semi-automatiques !

Son voisin le regarda avec stupéfaction.

— Ah, d'accord…

Il savait Liam irlandais. Il savait qu'en Amérique un étranger n'avait jamais le droit de s'acheter d'armes à feu.

— En fait, ce n'est pas du tout à ma Shelby GT 350 chez vous qu'ils en auraient, ces trois-là… dit-il.

Liam chargea le magasin d'un AR-15 en le faisant claquer et répondit :

— Comme vous dites, on ne va pas tarder à le savoir.

*

Ils se préparèrent patiemment à l'assaut.

— Ils doivent avoir compris que nous sommes deux, dit l'ex-flic. Restons sur la terrasse. Elle est orientée au sud. Si ce sont des pros, ils attendront le soir ou le matin pour ne pas risquer d'avoir le soleil dans les yeux. En revanche, si ce sont des amateurs, aux premiers tirs de riposte de notre part, on les verra détaler…

Les points du radar ne bougeaient pas.

— Ils attendent peut-être des renforts ?

Ils passèrent la journée les yeux rivés sur l'écran.

Vers cinq heures du soir, la tablette émit un signal sonore : les capteurs infrarouges de l'antenne enregistraient des mouvements.

Les trois points avançaient en direction de la maison de Liam !

— Nous y sommes. Nous…

Mais de puissantes rafales de tirs criblèrent soudain les fenêtres de la maison qui donnaient au nord. Liam et le voisin se tenaient toujours sur la terrasse. Toutes les fenêtres volèrent en éclats, dans un bruit assourdissant.

— Ne bougeons pas, dit le flic. Encore un moment…

Les points sur sa tablette indiquaient que les hommes n'étaient plus qu'à une centaine de mètres. Ils commençaient à se séparer dans trois directions différentes.

De nouveaux tirs plus sourds se firent entendre.

D'épaisses nappes de fumée blanche envahirent les pièces du rez-de-chaussée de la maison.

— Ils pensent que nous sommes à l'intérieur, dit le flic. Ils lancent des fumigènes à travers les fenêtres tombées pour nous forcer à sortir.

Sur sa tablette, un des hommes se dirigeait droit vers la maison, les autres s'écartaient pour prendre l'hacienda en tenaille.

— Entrons ! ordonna le vieux.

— Vous êtes sûr ? s'inquiéta Liam.

— Faites-moi confiance. Je n'ai pas plus envie d'y rester que vous !

— On n'envoie pas de tirs de riposte ?

— Non. Si ces types sont des « amateurs », je veux bien aller tout droit au paradis !…

Le vieux flic pénétra dans la maison remplie d'un épais nuage de fumée.

Liam le suivit.

Le voisin tenait toujours sa tablette. Liam et lui l'observaient alors qu'ils étaient environnés de blanc.

Les couleurs de l'écran teintaient de vert et de rouge les volutes du nuage autour d'eux. Liam avait l'impression de baigner dans un autre monde.

— Il faut agir vite, dit le flic. Les courants d'air commencent à dissiper les fumigènes.

Les assaillants étaient arrivés à hauteur de la maison. Le vieux flic avait repéré le plus isolé des trois hommes qui approchait de la façade nord. Les deux autres partaient sur les côtés. Il tira un pistolet et, en s'orientant seulement avec la carte et la boussole de la tablette, il se mit à tendre le bras et à viser au jugé, se repérant seulement grâce aux éclats plus lumineux des ouvertures de fenêtre.

Sa cible n'imaginait pas qu'elle pouvait être mise en joue.

— Allez… allez…

Il tira enfin cinq coups très rapprochés. Une fois encore, les lueurs des détonations illuminèrent le nuage de fumée autour de Liam.

— On sort de là !

Les deux hommes quittèrent la maison par l'entrée nord : la sortie la moins attendue, sans doute, des assaillants.

S'extirpant de la fumée, Liam vit que l'homme ciblé par son voisin avait été touché. Il chancelait à une trentaine de mètres, avec deux puissantes armes de guerre sur lui. Devant une telle puissance de feu, l'Irlandais se dit qu'ils n'en auraient jamais réchappé : il se précipita pour l'achever.

— Attention, lui lança aussitôt le voisin.

Liam tirait en direction du blessé, mais devint la cible d'un autre homme qui avait rebroussé chemin après les coups de feu. Le voisin l'avait visualisé sur sa tablette. Une des balles vint déchirer douloureusement l'épaule gauche de l'Irlandais.

L'ex-flic ouvrit rapidement le feu pour couvrir Liam.

Il le rejoignit et dit :

— Il faut faire vite. On a perdu le peu d'avantage que nous avions sur eux.

— Mais on a toujours la tablette.

Le premier homme était mort.

Les deux autres s'étaient regroupés sur la terrasse et allaient entrer dans la maison.

L'ex-flic proposa à Liam de reculer : ils étaient trop près les uns les autres pour que son radar puisse rendre clairement les positions de chacun sur l'écran.

Liam et lui s'éloignèrent.

Le piège des assaillants se retournait contre eux : les fumigènes presque entièrement dissipés, ils étaient à présent vulnérables à travers les fenêtres qu'ils avaient eux-mêmes détruites.

L'ex-flic était un tireur d'élite. Il élimina du premier coup un des hommes dans le salon de Liam, frappé en plein crâne. Il allait s'attaquer au dernier quand Liam l'arrêta.

— Il me le faut vivant, dit-il.

Et il fonça pour contourner la maison.

— Je l'attire vers moi, lui avait dit l'ex-flic.

Liam souffrait atrocement du bras gauche, toutefois, il n'hésita pas à se jeter sur l'homme à revers, alors que celui-ci lui tournait le dos et pensait être sur le point d'éliminer le vieux flic.

S'ensuivit une lutte difficile pour l'Irlandais. Attiré par ses cris, son voisin vint lui prêter main-forte et le dernier des trois assaillants finit ligoté à l'un des poteaux de la pergola de Liam, sur la terrasse.

Le silence avait repris au sommet de la colline. Rien ne perturbait plus le ciel que les grands condors noirs qui poursuivaient leur journée de chasse.

Ficelé, le prisonnier de Liam et du voisin refusait de desserrer les mâchoires.

L'ex-flic prit le temps de soigner la blessure de Liam.

— Ne t'inquiète pas, dit Liam au prisonnier muet. S'il y a une chose que je sais bien faire, c'est faire parler les mecs de ton espèce…

Il faisait encore jour, Liam put se relever, l'épaule pansée. L'homme ligoté devait peser deux fois le poids en muscles de l'Irlandais. Sans l'aide du voisin, Liam n'en serait jamais venu à bout. L'homme n'avait toujours pas prononcé un mot, il se contentait de sourire, en bravant le regard de Liam et de l'ex-flic.

— C'est ça… Si tu savais un peu qui je suis, tu ne sourirais pas…

C'est alors que la tablette du voisin se remit à faire entendre des alertes.

— Que se passe-t-il ?

Le flic reprit l'écran de contrôle.

— Merde…

Cette fois, ce n'était pas une, mais huit énormes voitures qui approchaient sur la route supérieure de la maison de Liam. Des 4 × 4, lancés à vive allure.

— Là, on va avoir un problème… dit l'ex-flic.

Liam voyait sur la tablette le convoi approcher. Il pouvait contenir aisément une trentaine d'hommes. S'ils étaient aussi armés que les premiers, il n'y aurait pas de résistance possible.

— On va manquer de munitions, regretta le vieux flic.

L'homme ligoté avait l'air de comprendre et éclata de rire.

Liam lui décocha un puissant coup de talon à la joue qui l'assomma.

— Il faut en finir, dit simplement le vieux voisin. Reprenons.

Les deux hommes rentrèrent dans la maison. Ils se positionnèrent à l'étage, avec toutes leurs armes à portée de la main, baissés derrière deux fenêtres, prêts à soutenir un siège.

Liam regarda les gros SUV Cadillac s'arrêter devant sa maison. Pendant un temps, aucune portière ne s'ouvrit. Les vitres étaient toutes teintées.

— Restez à couvert, lui suggéra le voisin. Ils essaient d'évaluer la situation.

Il regarda Liam :

— J'espère qu'il y a une bonne raison à tout cela ! dit-il. Dire que je m'étais foutu dans ce trou perdu pour être tranquille…

— Regardez !

Une portière passager venait de s'ouvrir.

— Pas de quartier, dit aussitôt le flic. Dès qu'on a une visée nette, faut tirer. Faut les canarder même. Mais surtout ne flinguez pas les conducteurs. Ils doivent finir par avoir la trouille et pouvoir repartir…

Un homme s'était extrait de la voiture, vite suivi d'un second.

— Stop ! Attendez, stop !

Liam avait presque crié.

Il venait de reconnaître John Bateman et Joe Orton.

— Vous les *connaissez* ?

Le flic vit approcher John Bateman, son bras droit et tout un bataillon de gardes du corps armés jusqu'aux dents. Quand le patriarche fut dans l'hacienda à hauteur de l'Irlandais et de son voisin, ce dernier le reconnut.

L'ex-flic de Santa Paula savait très bien qui était John Bateman.

— Merde… se contenta-t-il de répéter.

— Ce que vous savez est toujours à l'abri ? demanda John à Liam.

— Oui, monsieur.

— Votre bras, ça va ?

— Ça ira.

— Et lui ?

Il désigna l'ex-flic.

— Ça ira aussi, dit Liam. C'est grâce à son aide si je suis encore là.

— Nous sommes arrivés aussi vite que nous avons pu. Ils vous ont retrouvé plus tôt que je ne l'imaginais…

John avança sur la terrasse.

— Il a parlé ?

— Pas encore.

Des hommes de Bateman essayèrent de le ranimer.

Pendant ce temps, sur ordre de Joe Orton, d'autres allèrent récupérer les corps des tués. Ils les déshabillèrent complètement et les basculèrent dans un ravin. Au bout de quelques minutes, les premiers rapaces se mirent à tournoyer puis à piquer sur les dépouilles.

— D'ici à deux jours, dit Orton, avec ces rapaces et les canidés de la région, on ne retrouvera plus rien d'eux…

Le tueur ligoté de la terrasse retrouvait ses esprits.

John se pencha vers lui.

— Qui t'a envoyé ici ?

L'homme faisait moins le malin devant Bateman. Lui aussi le reconnaissait. Cependant, il ne répondit rien.

John secoua la tête, agacé.

Il sortit une photo de sa poche et la montra au tueur.

— C'est elle ? Tu la connais ?

C'était une photo de Mathilde.

Un tic nerveux sembla trahir l'homme.

John sortit le portrait d'un homme que Liam n'avait encore jamais vu : l'Italien Milo Maltesere.

— Et lui ?

Avec l'intention de ne rien dire, le tueur, de plus en plus fébrile, en disait trop…

— C'est bon, fit Bateman en se relevant. On va pouvoir s'entendre.

— Vous le saviez ? lui demanda Liam.

— Je l'espérais.

Il sourit.

— On dit toujours que la meilleure défense, c'est l'attaque, reprit John Bateman. C'est exact dans la plupart des cas, sauf avec les cons. Avec les cons, il ne faut jamais rien faire… Seulement attendre, et encaisser… À force, ils s'agitent et font eux-mêmes les conneries qui les perdent. C'est plus fort qu'eux… Ils se croient toujours tout permis. Moins on en fait, moins ils comprennent. Plus on est patient, plus ça les rend fous. Avec les cons, la meilleure défense, *c'est la défense*…

5.

Michael Monroe fêtait ses trente-cinq ans. Ou plutôt, ses trente-cinq ans tombaient le jour où l'on posait officiellement la première pierre du nouveau port de Savannah, lors d'une grande cérémonie, là où se dresserait, après quinze années de travaux, le Jasper Ocean Terminal.

Personne ne savait que c'était, en ce 24 septembre 2019, l'anniversaire de l'homme qui était à l'origine de ce chantier de près de cinq milliards de dollars.

Une centaine de personnes avaient fait le déplacement. Le gouverneur Humphrey était flanqué de ses homologues de Géorgie et de Caroline du Sud. Les deux États se partageraient les taxes des six cents hectares dévolus au nouveau port : dix quais coulés dans le béton pouvant accueillir des super porte-containers de plus de vingt mille pièces, le Jasper Ocean Terminal serait le port le plus moderne au monde, le plus écologique, avec une capacité de soixante-cinq millions de containers par an.

Michael circulait parmi les différents propriétaires qui avaient arraché, au prix fort, des espaces de quais et d'emplacements de stockage sur le nouveau complexe. Il était aujourd'hui très apprécié des habitants de

Savannah : sa fortune avait été réinvestie dans la ville et sur le fleuve, avec une constante : rogner les intérêts de Conrad Muir dans la région. Ce dernier faisait construire à Southampton un nouveau *Rappahannok* annoncé comme historique... Michael entendait bien empêcher ce cargo de profiter jamais des nouvelles infrastructures du port.

La première pierre fut mise en terre par les gouverneurs de Géorgie et de Caroline du Sud, chacun tenant le manche de la même pelle. Les appareils photo crépitaient, avec Humphrey et Michael Monroe dans l'arrière-plan. Il y avait cependant un autre public que personne ne voyait ni ne photographiait : la tribu des Yeohs. Ils étaient dissimulés dans les fourrés. Le service de sécurité des hommes politiques ne les avait même pas repérés.

Un pacte fut conclu entre Michael Monroe et eux, peu avant qu'il ne rachète les parcelles de la région. Les Yeohs savaient que le port Jasper redessinerait toute la région, renvoyant leur village plus au nord, dans le comté de Jasper; mais ils l'avaient accepté en confiance avec leur ami blanc.

Ce fut le jeune Toona qui repéra dans l'assistance un homme qui se tenait en retrait. Il se glissa le long des fourrés pour mieux être certain de reconnaître l'homme.

C'est ainsi qu'il se fit repérer par des agents de sécurité. Ses cris alertèrent Monroe qui se précipita. Un homme maintenait le pauvre garçon par le bras, ébahi par sa tenue folklorique. En voyant ce garde, Monroe eut une sorte de réminiscence : il avait été autrefois ce même homme, avec la même fonction de sécurité, sous la pluie à Tilbury, lors du baptême du *Rappahannok II*.

Il fit libérer Toona qui s'échappa.

L'incident, très bref, passa inaperçu.

La première pierre fut recouverte de sable à l'emplacement d'un quai qui porterait le nom de *Jennifer Quayle*, Michael l'avait ainsi nommé en hommage à son amour perdu (avec son nom de jeune fille). Depuis ce choix, que ce soit avec les architectes, les ingénieurs ou les banquiers, il pouvait entendre prononcer le nom de Jennifer des dizaines de fois par jour. Au départ des autorités et des invités du chantier, il décida de rejoindre les Yeohs pour comprendre ce qui avait poussé Toona à se faire repérer.

Il décela une agitation inhabituelle chez eux : un homme était ligoté à une chaise au centre du village.

— Comment ?…

— Il était avec les autres pendant la cérémonie, lui dit Toona. Je l'ai reconnu !

Michael aussi : c'était l'homme mystérieux venu lui apporter la valise de billets. L'inconnu à l'accent italien… Milo Maltesere.

Depuis cette soirée mémorable, Michael n'avait jamais réussi à savoir ni d'où venait sa fortune ni qui la lui avait apportée.

Il s'approcha de Maltesere :

— Que fait-il ici ?

En le reconnaissant, prévenus par Toona, les Yeohs avaient décidé de l'enlever pour l'obliger à parler à Michael. Maltesere était remonté dans sa voiture à la fin de la cérémonie pour reprendre la route de Charleston. Les Yeohs connaissaient tous les pièges possibles de la région : ils avaient assailli son véhicule, comme aux temps éloignés des raids entre tribus, et l'avaient kidnappé pour le ligoter chez eux.

Milo Maltesere vit Monroe approcher avec soulagement, il ne comprenait pas ce qu'il faisait ici, entouré d'Indiens qu'il prenait pour des fous déguisés.

— D'où vient l'argent ?… lui lança aussitôt Michael.

L'Italien secoua la tête.

— Je vous ai déjà dit de ne pas poser de questions. De ne pas essayer de comprendre…

— Ce n'est pas une réponse. Pourquoi moi ?

— Ne pouvez-vous pas vous contenter de profiter de votre fortune ? Cela vous a plutôt réussi, non ?

— Ce n'est toujours pas la réponse que j'attends. Est-ce que cet argent est lié à mes parents ?

Maltesere eut l'air de ne pas comprendre.

— Quand j'étais enfant, reprit Monroe, peu avant qu'ils ne meurent dans un accident de voiture avec mon frère, je les ai surpris en train de compter frénétiquement des billets de banque dans leur chambre. Des centaines de billets… Personne n'a retrouvé cette fortune après leur mort. Est-ce que c'est *cela* ?… C'est l'argent de mes parents qui m'est restitué ?… C'est *ça* ?… Répondez. Répondez !

Michael avait besoin que Maltesere lui confirme cette théorie. Il priait toujours pour que cet argent soit celui de ses parents…

Les Yeohs entouraient les deux Blancs. La plupart ne comprenaient pas l'anglais, mais sentaient que le moment était grave. Les longs silences entre Michael et Milo étaient écrasants.

— Non. Ce n'est pas l'argent de vos parents… dit l'Italien. Pas vraiment.

— Pas *vraiment* ?!

— C'est plus ancien qu'eux…

— Continuez !

Cela se voyait que Maltesere dépensait énormément d'énergie pour en dire le moins possible. Michael était prêt à le passer à tabac pour lui faire sortir ses phrases plus rapidement.

— Cet argent est un héritage, dit-il. Il vous revient d'un de vos ancêtres... Celui qui vous le transmet n'est plus de ce monde depuis... très longtemps.

— Qui était-ce ?

Maltesere sourit.

— Ça, je ne vous le dirai jamais. Vos amis indiens peuvent me cuire les pieds ou me plonger le visage dans une colonie de fourmis, vous n'apprendrez rien de moi sur ce sujet. Cette histoire tient sur un pacte lointain. Et ce pacte me lie, aussi bien qu'il vous engage.

— Pourquoi, alors ? Pourquoi fait-il cela ?...

L'Italien fit mine de ne plus vouloir rien répondre. Les Yeohs apportèrent alors des fers chauffés à blanc qu'ils avancèrent sous ses yeux.

— On va commencer par vous cuire les pieds, comme vous dites, gronda Michael. On verra pour les fourmis plus tard...

L'Italien se retrouva pieds nus. Il sentit le feu le mordre en approchant...

— Non ! Non...

Il supplia. Les Yeohs reculèrent un peu.

— Votre... votre ancêtre a décidé de retarder son héritage !

— Je vous écoute. Expliquez-vous.

— Il voulait doter ses lointains descendants plutôt que ses enfants directs et petits-enfants... Ses raisons le regardent... Son argent a dormi pendant des décennies avant d'être distribué, selon ses volontés... Il avait posé des conditions très strictes pour que sa fortune puisse être libérée, génération après génération, et remise à certains membres de sa famille. Et... et vous cochez tous les critères.

— Quels critères ? Quels critères ? Comment voulez-vous que je croie à une histoire pareille ?...

— Avoir plus de trente ans, reprit Maltesere. Un casier judiciaire vierge (c'est votre cas en Amérique, même si nous savons qu'il en est différemment en Angleterre… mais ce dilemme n'a jamais été spécifié au moment de la rédaction du testament…). Ne pas être marié à un ou une Irlandaise. Il faut aussi avoir deux enfants. Deux héritiers… Et…

— Quoi ?

— Si personne ne répond à ces clauses, sur toute une génération, l'argent n'est pas libéré et attend la prochaine…

Michael secoua la tête.

— Vous dites n'importe quoi ! Je n'ai pas d'enfants ! Je n'en ai jamais eu ! C'est bien la preuve que vous inventez cette histoire aberrante…

— Si. Si, vous avez deux enfants, Michael Monroe. Il ne peut pas en être autrement. On ne m'aurait jamais demandé de vous remettre l'argent sans cela…

Michael recula de deux pas.

Milo reprit, déterminé à convaincre :

— L'histoire que je vous raconte est vraie. Et nous n'avons jamais commis d'erreurs…

Monroe fixait l'Italien, mais son regard semblait le traverser.

— C'est trop sérieux pour que nous nous trompions… Vous comprenez, Monroe ?

Michael recula encore. Il frissonnait. Il était au bord de tomber.

— Vous comprenez ? insista Milo en criant presque.

Des Yeohs sursautèrent. Ils regardaient avec inquiétude Michael reculer.

Il avait l'air ailleurs.

— *Vivante*, murmura-t-il…

Conrad le lui avait assuré lors de leur dernière rencontre.

Il n'avait pas voulu le croire. Il s'était efforcé de ne jamais y croire, pour ne pas risquer d'être déçu, pour ne pas devenir fou.

— *Vivante* ?…

Elle aurait survécu à leur suicide ?…

Vivante ?…

Il ne savait que penser…

Vivante ?… Et ?… En plus ?… En plus…

Un héron prit son envol.

Michael leva la tête, comme par réflexe, et perdit connaissance…

6.

À New York, tout était en place pour le procès des Secrets de famille.

Cent quatre arrestations avaient été conduites au sein de la mafia irlandaise sous l'égide du FBI et des agents Donner et Frey. Des arrestations qui concluaient une vingtaine d'années d'enquête. Seuls deux prévenus majeurs manquaient à l'appel : Liam O'Connor et Joe Orton. Ils demeuraient introuvables. Quatre cents témoins allaient être appelés à la barre durant ce procès monstre de plusieurs mois. Dix-neuf cabinets d'avocats avaient œuvré à la défense de la famille Bateman. Cette dernière aurait à répondre de près de deux cents accusations de meurtres. Des fuites sur l'identité des victimes de plusieurs de ces crimes s'étaient retrouvées dans la presse, et ce fut l'étonnement général : ces personnes avaient été éliminées par les Bateman alors même que, selon leurs proches et les enquêtes de l'époque, ils ne présentaient *absolument aucun rapport crédible* avec la famille irlandaise ou avec ses affaires. *Aucun.* Ces meurtres semblaient totalement gratuits, comme choisis au hasard ! Les familles de victimes, qui n'avaient jusque-là jamais pu comprendre les mobiles de la disparition violente de leurs proches, se découvraient subitement liées au procès !… Ces nouveaux mystères suscitaient encore plus d'excitation et d'attentes autour du procès.

Le procureur général avait résolu d'interroger Hubert Humphrey comme premier témoin. Le gouverneur dresserait, pour les jurés et pour le monde, un tableau exhaustif de ce que la justice reprochait aux Bateman. Son témoignage fut annoncé comme prépondérant : une audition de sept heures préparée depuis des semaines avec le cabinet du procureur. Humphrey attendait ce jour depuis des décennies !… Sa prestation devait être le coup d'envoi de l'effondrement du clan Bateman. Un prologue en guise de baisser de rideau.

Cependant, moins de quarante-huit heures avant l'ouverture du procès, une bombe éclata.

Humphrey convoqua d'urgence Mathilde chez lui.

Jamais elle ne lui avait entendu un ton si alarmé au téléphone, et quand elle le découvrit, le teint livide, en entrant dans son bureau, elle craignit le pire.

Les derniers feux du jour tombaient sur Washington.

Humphrey se tenait debout auprès de sa cheminée.

Une bouteille de whisky à demi vidée traînait ouverte sur son bureau.

Il était d'une pâleur effrayante.

Il la regarda entrer avec un air abattu, et lui dit, en guise de préambule :

— … Cela vient forcément de votre père…

Mathilde s'alarma.

— Quoi ? Que se passe-t-il ?

Le gouverneur avait du mal à s'exprimer. Il avait la bouche séchée par l'alcool.

— Qu'a-t-il fait ?… De quoi parlez-vous ?

— Le procès va tomber à l'eau…

Il s'écarta lentement de la cheminée, l'air égaré.

— Tout est fichu… dit-il.

Mathilde le retint presque de chuter. Le gouverneur alla s'effondrer dans le fauteuil de son bureau.

Mathilde observa la table pour voir si elle trouverait un élément qui lui permettrait de comprendre ce qui arrivait. Mais il n'y avait aucun document sur le bureau. Simplement un tiroir entrouvert.

— Des hommes ont attaqué à l'arme lourde la maison de Liam O'Connor en Californie… dit soudain le gouverneur.

Mathilde se recula d'un coup.

— Quoi ?

— Il y a eu deux morts…

Liam O'Connor…

— Mais… balbutia Mathilde.

— Un vrai guet-apens, se désola Humphrey.

La jeune femme essayait de contenir son trouble. Elle alla s'asseoir.

— Que s'est-il passé ?… fit-elle, entre haut et bas.

— Le rescapé des trois assaillants a été arrêté… Il a déclaré à la police que c'était MOI qui l'avais commissionné !… Pour, soi-disant, retrouver chez O'Connor un élément de preuve décisif pour condamner John Bateman au tribunal !… C'est un jeune avocat de votre famille qui se charge de la défense de cet individu et qui a fourni son témoignage et ses pièces à la police, toutes à charge contre moi.

Il se servit un verre de whisky.

— Le coup a été minutieusement préparé.

Mathilde était maintenant livide elle aussi.

— J'ai été prévenu par le ministère de la Justice, ajouta Hubert. Je vais être conduit en garde à vue avant ce soir.

— Mais c'est impossible !

— Si… Ils détiennent des preuves matérielles contre moi. Forgées de toutes pièces, évidemment, mais dévastatrices, selon l'opinion de mon conseil. Cela va faire un scandale énorme… Énorme ! Des articles sont déjà en cours de rédaction au *Post* et au *Times*. Leurs sites annoncent des révélations fracassantes dans l'affaire Bateman… Le procès va s'ouvrir *sans moi* ! Le premier témoin de l'accusation ! L'instigateur public de toute la procédure !… Quand les portes du tribunal s'ouvriront, je serai en détention préventive !… Tout ce que j'ai amassé contre les Bateman va devenir suspect !

Il souffrait affreusement.

— Je n'ai pourtant rien à voir avec cela, gémit-il. Rien du tout !… Je vous le jure, Mathilde…

Son ton éploré la glaçait.

— Vous comprenez ce que cela implique ?… demanda-t-il, la gorge nouée et la voix tremblante.

— Je comprends qu'il faut contre-attaquer, répliqua Mathilde.

Elle se sentait comme scindée en deux. Départie avec elle-même.

Ses pensées se faisaient de plus en plus confuses…

— Ma réputation est foutue… reprit Humphrey. Il y a aussi une rumeur à propos du nouveau port de Savannah. On me reprocherait d'avoir détourné de l'argent avec l'aide de ce Michael Monroe qui détenait toutes les terres du comté de Jasper ! Il a fait un don important à une association que dirige ma famille… C'est maintenant présenté comme de la corruption active. Cela aussi, cela vient de votre père, j'en suis sûr…

Mathilde le voyait littéralement s'effondrer sous ses yeux.

Elle sentait son propre cœur s'emballer.

Que pouvait-elle dire ?

C'était ELLE qui avait lancé les hommes sur la maison de Liam en Californie ! C'était Milo Maltesere et elle qui avaient monté le coup. L'Italien lui avait révélé, à la Maison Blanche, l'existence d'un document de la dynastie Bateman qui permettrait de mettre au jour, pour le procès de New York, la totalité de ses crimes. Les nombreuses perquisitions dans la famille obligeraient John Bateman à mettre cet objet hors de portée du FBI. Mathilde avait tablé sur l'implication de Liam O'Connor. Elle avait vu juste. En espérant récupérer le document, elle aiderait Humphrey au procès, elle aiderait son but familial, elle se rapprocherait de ce Maltesere qui pouvait lui en apprendre beaucoup sur l'or de la FED administré par son cabinet italien…

C'était elle la seule responsable, devant un Hubert Humphrey qui n'en savait rien.

— Toute ma famille est atteinte ! Les Humphrey… Pour moi, des années de rectitude bafouées d'un coup !

Le gouverneur ne parlait plus, il suppliait :

— Jamais je n'ai commis la moindre action illégale de ma vie. Je vais être jeté en pâture… Condamné avant même d'être jugé ! On ne se relève pas d'un scandale public de nos jours dans une société qui, avec Internet, n'oublie plus rien et ne pardonne jamais personne…

Mathilde voulait parler. Mais les mots ne venaient pas. Si elle avouait, elle se condamnait. Humphrey aurait le temps de redorer son blason. Elle, elle compromettrait tout ce qu'elle avait entrepris. Elle ne s'en relèverait pas…

De surcroît, l'assaut sur Ojai avait été un fiasco. Jamais une goutte de sang n'aurait dû être versée. L'action se retournait à présent contre la seule personne qui pouvait mener à bien les autres attaques contre la famille…

Hubert secouait la tête.

— Je croyais pourtant le tenir, votre père…

Mathilde essaya un mot :

— Mais…

— Non, rien de ce que vous pourriez dire ne changera quoi que ce soit.

— Mais…

Elle se sentait ignoble, impuissante, coupable. Elle avait tout fait pour s'émanciper de sa famille, pour ne jamais ressembler aux siens, pour finir par se comporter exactement comme une Bateman… Une *maverick* qui lâchait des hommes en armes… Elle se dit que son père devait se douter que c'était elle qui avait ciblé O'Connor… En tout cas, il avait retourné l'un des tueurs contre Hubert Humphrey… Lui qui ne faisait ni ne disait rien depuis des mois… C'était le dernier coup de patte du vieux lion…

Toujours le coup le plus dangereux…

Elle essaya :

— Je… Je… Je…

Humphrey la regarda, tendrement.

— Je me suis trompé sur vous, Mathilde. Je vous demande pardon. Vous êtes une pure, vous aussi. J'ai eu tort de douter de vous… J'espère que vous saurez me pardonner.

— Mais…

— Je vous laisse rétablir la vérité sur mon compte. S'il vous plaît.

— Quoi ?

— Votre désarroi me touche beaucoup. Merci.

— Hubert…

Mais le vieil homme sortit un revolver du tiroir entrouvert et se tira une balle dans la tête… Son geste avait été rapide comme l'éclair, réflexe tragique où l'on voit le caractère d'un homme s'effondrer en une fraction de seconde…

Mathilde resta littéralement frappée devant ce spectacle d'horreur, avant que toute la maisonnée, attirée par le coup de feu, ne s'engouffre dans le bureau du mort.

7.

Michael Monroe retournait à Londres.

C'était la première fois qu'il y remettait les pieds depuis sa fuite avec Jennifer Muir. Ils étaient partis d'Angleterre ensemble, sept ans auparavant.

Il revenait seul pour la retrouver.

Installé dans la suite la plus luxueuse du Connaught, un palace de Mayfair, il y fut rejoint par son vieil ami Rick. Ce dernier n'en revenait pas de revoir son compagnon d'orphelinat et de Tilbury aussi riche et puissant. Avant son arrivée à Londres, Michael lui avait transmis quelques directives. Il lui narra toute son histoire, certain de pouvoir compter sur sa fidélité et sur sa discrétion.

— Conrad tient Jennifer séquestrée quelque part. Nous allons la retrouver. Rien ni personne ne m'arrêtera. Je dois apporter une preuve aux autorités avant de les alerter. Muir est trop puissant. Il ne doit absolument rien deviner…

Rick et lui se mirent à rôder autour du palais de Roderick Park. La dernière fois que Michael s'y était présenté, il avait fini expulsé et jeté dans la Tamise. Ce souvenir lui semblait appartenir à un autre siècle tant il était aujourd'hui loin de lui.

Rick et lui observaient scrupuleusement les alentours de la résidence de Conrad.

Michael planquait dans le square près de l'entrée principale, juste sous la statue d'Augustus Muir.

Son téléphone mobile sonna.

C'était John Bateman.

— Vous avez essayé de me joindre, Michael ?

Monroe avait appris le scandale à New York autour du procès Bateman, le suicide du gouverneur Humphrey et les accusations de corruption qui avaient été lancées contre lui à propos de l'achat de ses terres dans le comté de Jasper.

— J'ai essayé, oui, répondit Michael. Mais je ne pensais pas que vous pourriez me rappeler. Où êtes-vous ?

— Je suis en préventive à la prison de Rikers Island… Dans l'attente de mon procès… Hormis leur ridicule uniforme orange, j'ai toujours l'impression d'être à la maison : il n'y a que des membres de ma famille autour de moi ! Vous pouvez parler sans crainte, je vous appelle d'une ligne sécurisée.

— Que veut dire cette histoire de corruption entre le gouverneur Humphrey et moi ? Il n'en a jamais été question ! J'ai simplement fait un don désintéressé à sa fondation familiale. Comme vous me l'aviez suggéré. Vous m'avez piégé, Bateman ?

— Non, j'ai piégé Humphrey, ce n'est pas la même chose. Sur cette affaire, vous ne risquez rien. Surtout depuis que le gouverneur s'est éliminé. Pour le reste, j'ai plutôt provoqué votre fortune, non ?

— Un homme est mort, Bateman !

— Les hommes meurent, Monroe.

— C'est moi qui pourrais engager des poursuites.

— Vous ne ferez jamais ça.

— Vous êtes bien sûr de vous.

— Vous ne le ferez pas parce que je vous le demande, et parce que je peux encore beaucoup de choses pour vous.

— Depuis le fond d'une prison new-yorkaise ?

— Allons, qu'entendez-vous par là ? Vous allez finir par me vexer.

Le portail de Roderick Park venait de s'ouvrir et Michael et Rick suivirent des yeux la voiture de Conrad Muir quitter le palais.

— Michael ? Vous êtes toujours là ?… fit Bateman.

— Oui.

— Alors écoutez-moi attentivement. Je peux vous révéler d'où vient l'argent qui vous a été remis il y a trois ans…

Michael en resta bouche bée.

— Comment ? Vous… vous étiez au courant ?… Vous le *saviez* ?…

— Que croyez-vous ?

— Depuis combien de temps ?

— C'est égal.

— Que savez-vous sur cet argent ?

— Tout.

— Alors, *parlez* !

Rick fit un signe d'impatience envers Michael : à présent que Conrad avait quitté Roderick Park, ils devaient s'activer. Mais Michael lui demanda d'attendre.

— Vous allez d'abord me jurer quelque chose, dit Bateman. Quand vous serez interrogé sur Humphrey, car il y aura forcément une enquête, vous affirmerez que c'est *lui* qui vous a contacté le premier pour le port de Jasper, et non l'inverse. Et vous vous retiendrez de jamais citer mon nom. C'est entendu ? Vous avez compris ?

— Oui.

— Si vous ne teniez pas votre parole, je peux vous assurer que, Rikers Island ou pas, vous ne vivrez pas assez longtemps pour voir la deuxième pierre de votre port sur le Savannah mise en terre. Jurez !

Michael jura. Il ignora, une nouvelle fois encore, les signes urgents de Rick.

— L'homme qui vous a fait hériter de millions se nommait Philip Muir, dit John Bateman. Il est mort à Savannah, en Géorgie, en 1785.

— Philip *Muir* ?

— Oui, fit Bateman.

Le sang de Monroe se glaça.

— C'était l'un des fondateurs de la Géorgie. Au moment de la guerre d'Indépendance entre l'Amérique et l'Angleterre, il a réussi à détourner tout le chargement d'or d'un navire de la marine royale. Ce navire était parti de Grande-Bretagne pour acheminer en secret la solde des armées anglaises déployées en Amérique pour lutter contre les patriotes révolutionnaires. Il y en avait pour une fortune inouïe ! Après avoir réussi ce vol historique, Muir a dû le garder secret. Il ne pouvait en jouir sans être aussitôt découvert. Il ne pouvait même pas le transmettre en héritage à ses enfants ! Il a donc décidé, à travers un testament secret, que seuls ses descendants lointains, après plusieurs générations, pourraient obtenir discrètement leurs parts de l'or… Le premier des Muir autorisé à toucher son legs l'a été en 1860, près de quatre-vingts ans après la mort de Philip Muir !…

Michael repensa soudain au grand caveau vide dans le cimetière historique de Savannah, avec les seules dépouilles de ce Philip Muir et de sa femme, et toutes ces autres niches mystérieusement désertes.

— Depuis, reprit Bateman, à chaque génération, l'héritage secret continue d'être reversé, à condition que personne ne sache jamais d'où proviennent les millions…

— Mais… cela… cela voudrait dire !…

— … dire que vous êtes un Muir, Michael Monroe. Oui. Vous êtes l'un des milliers de descendants de ce Philip Muir de Géorgie…

Michael manqua de laisser le téléphone lui échapper.

— Voilà, vous savez tout, dit Bateman. Maintenant, tenez bien votre parole, Monroe, comme je vous l'ai demandé, et c'est moi qui vous remercierai… Nous nous reverrons forcément. Bonne chance.

Bateman raccrocha.

Michael laissa descendre son bras lentement. Rick, de plus en plus inquiet, lui demandait si ça allait.

Un *Muir* ?…

Quand il était devenu orphelin, les adultes autour de Michael s'étaient étonnés de ne pouvoir trouver le moindre membre de sa famille pour le recueillir. On le considérait en disant « le pauvre », mais sans comprendre vraiment ce que cela représentait, à ses yeux d'enfant, d'être *résolument* et *définitivement* seul au monde. Cette extrême solitude, ce sentiment d'abandon absolu ne lui avaient pas donné l'impression convenue d'être inexistant, invisible, absent de la société… ils lui avaient donné, tout à l'inverse, l'impression d'être *en trop.* Il n'était pas transparent, il pensait, au contraire, qu'on ne voyait que lui ! Son existence se résumait à une anomalie, un excédent, un rajout… Il lutta longtemps pour surmonter cette angoisse de se sentir de trop. Il s'était construit malgré un vide familial, au sein même de ce vide… Et voilà qu'un gigantesque arbre généalogique se renversait sur lui ! Une famille entière, une dynastie immense se dressait sous ses yeux. La tête lui tournait à envisager les dizaines, les centaines, les milliers d'aïeux Muir qui l'accueillaient soudain…

Il releva la tête.

L'air circulait mal jusqu'à ses poumons.

En apercevant le regard sombre de la statue d'Augustus Muir, il manqua défaillir.

— Michael !

C'était Rick.

— Il faut y aller !

Le visage de bronze d'Augustus s'effaça de l'esprit de Michael pour laisser place à celui de Jennifer.

— Oui. Allons-y, dit-il…

*

Avant son retour, Michael avait donné à Rick l'instruction d'identifier un employé de la famille Muir à Roderick Park. Il devait ensuite le soudoyer afin qu'il recherche pour eux des pièces reculées et interdites dans le palais. Rick s'était gagné le concours d'une jeune femme de ménage. Elle avait visité tous les recoins de l'édifice, mais rien n'apparaissait suspect, hormis deux pièces situées dans les combles qui étaient fermées à double tour et dont seul Conrad possédait les clefs.

Cela intrigua Michael.

Conrad lui avait dit, lors de leur face-à-face dans son bureau : « Un de mes ancêtres a bouclé sa femme ici, comme on parque une bête… »

La jeune femme de ménage, achetée par Rick, promit de leur donner accès à l'intérieur de Roderick Park sitôt Conrad hors des murs.

Ce qu'elle accomplit, en se tenant aux aguets à la porte d'entrée de service. Michael et Rick filèrent dans les grandes salles et les couloirs de la demeure sans se faire remarquer, la servante les devançant en éclaireuse.

Arrivés dans les combles, Rick sortit un appareillage et détruisit la serrure qui les empêchait d'entrer dans les pièces interdites.

La jeune femme s'effraya :

— Monsieur Muir va remarquer que la porte a été forcée !

Michael lui remit une nouvelle enveloppe remplie de billets.

— Quand ce sera le cas, dit-il, il sera trop tard.

Il franchit la porte. Tout était sombre. Sans la moindre lueur de jour. Il avait le cœur battant. En ce moment, Jennifer se tenait peut-être à quelques pas de lui ?

Comment serait-elle ? Serait-elle seule ? Serait-elle avec les enfants ? Serait-elle heureuse de le revoir ?

De son côté, tiendrait-il le coup ?

Il trouva un interrupteur.

Les combles se révélèrent dans la lumière électrique. Déserts.

Seules des dizaines d'armoires remplies de vieux documents familiaux. Des piles de contrats remontant jusqu'à l'époque de la construction de Roderick Park par Augustus Muir.

Aucune trace de Jennifer.

Nulle trace de la moindre séquestration.

— Vous êtes certaine qu'il n'y a pas d'autres endroits cloisonnés dans le palais ? demanda Michael à la jeune femme.

— Tout le reste du palais peut se visiter et est accessible au personnel. Il n'y avait que là.

Michael regarda Rick, les sourcils froncés.

— Il nous reste un autre endroit à explorer. Allons !

*

Au même moment exactement, de l'autre côté de l'Atlantique, le gouverneur Hubert Humphrey était enterré avec les honneurs funèbres au Edgartown Cemetery de Martha's Vineyard. Le joli cimetière aux arbres centenaires était envahi de journalistes et de membres du Congrès venus soutenir la famille du défunt. Le ciel était bleu, l'air marin doux, le silence seulement rompu par le cri de mouettes volant au-dessus du port voisin.

Mathilde Bateman se tenait au premier rang, aux côtés de son mari. Ce fut elle qui récita l'éloge d'Humphrey, devant la tombe béante. Tout le monde la sentit nerveuse, au bord des larmes. Elle commença par rappeler les dates marquantes de la vie du gouverneur, commémorer ses combats, honorer ses convictions. Elle se souvint ensuite de leur première rencontre, et de leur entente immédiate (elle prit le soin de ne *jamais* citer le nom des Bateman pour ne pas entacher son hommage d'allusions). Elle défendit son honneur, assura qu'il était blanc de toutes les accusations et rumeurs diffamatoires qui le frappaient depuis peu et qui avaient précipité sa fin. Déterminée, consciencieuse, elle jura surtout, devant son cercueil, qu'elle poursuivrait son œuvre. Pour l'achever.

Cette déclaration suscita l'étonnement. L'ouverture du procès des Bateman avait été reportée de quelques jours à la suite du suicide de Humphrey. Tout le monde savait que la tâche écrasante de commencer la procédure d'accusation revenait à Hubert, avec une première audition de plusieurs heures.

— Je prendrai votre place, gouverneur, promit Mathilde avec emphase. Je dirai ce que vous aviez à dire. J'exposerai ceux que vous alliez exposer, au nom de la justice et du droit. Je serai dans le box des témoins, là où vous auriez dû siéger. Vos mots seront les miens. Votre vérité sera la mienne. Ma voix portera la vôtre… J'en fais, ici et maintenant, le serment solennel.

Les journalistes étaient en émoi, comme les politiciens venus de Washington : Mathilde Bateman irait témoigner en personne *contre sa propre famille*, pour le plus grand procès d'une mafia jamais intenté en Amérique !

— Vous êtes parti, cher Hubert, dit-elle pour conclure, mais votre histoire ne fait que commencer…

*

En Angleterre, Michael Monroe et Rick avaient pris la route des Lowlands d'Écosse pour rejoindre la petite ville de Dryburgh.

La famille Muir y possédait sept mille hectares de terre et un immense manoir construit le long de la Tweed. Au temps de sa splendeur, la famille détenait aussi diverses exploitations dans la région, dont une importante houillère et une mine d'ardoise situées à Aberfoyle. Son manoir avait été construit, comme celui de Roderick Park à Londres, sur les directives précises du richissime Augustus Muir. Ce dernier avait pris le Goldsborough Hall comme modèle.

Michael découvrit ses quarante fenêtres de façade et son air imposant, cernées de haies d'ifs et de houx parfaitement entretenues, près de bois et d'arpents de gazon tondus à ras.

— C'est pas mal, *chez toi*, plaisanta Rick.

— Oui, c'est pas mal…

Les pierres avaient toutes la dignité altière de leurs trois siècles d'existence, battues par les rafales humides des Scottish Borders.

— Il doit y avoir un monde fou pour l'entretien de ce domaine, constata Rick. Tu crois que Jennifer peut y être enfermée ? Avec deux enfants ?

— Nous le saurons bientôt…

Il décida de rester à couvert et d'espionner les personnes présentes pour suivre l'activité du manoir.

— Si quelque chose ne tourne pas rond, nous nous en apercevrons vite.

Les deux amis planquèrent dans les bois environnants. Ils s'étaient munis de jumelles et de matériel de camping pour pouvoir supporter les longues heures de station immobile au grand air. De nombreuses fenêtres du manoir avaient leurs volets clos. Michael et Rick comprirent que seulement trois personnes occupaient les lieux. Le gros des employés concernait l'entretien des jardins, mais aucun ne résidait sur place.

Rick alla hasarder quelques questions dans les pubs du village voisin de Dryburgh.

— Les trois occupants du manoir sont un couple de gardiens qui habitent les lieux depuis toujours, rapporta-t-il à Michael. Cela fait plusieurs générations que les membres de la famille du gardien occupent ce poste pour les Muir. Le troisième personnage est un ancien assistant personnel de Conrad. Il passe sa retraite ici, au vert.

— Muir vient-il souvent ?

— Personne ne le voit en ville quand il est présent. Les gardiens sont deux tombes. Nul n'a pu me répondre.

Ils passèrent plusieurs jours à faire le guet. Rien ne leur laissait présager que Jennifer fût retenue sous ce toit, pourtant Michael refusait de battre en retraite.

Rick réfléchit à un moyen pour repérer l'occupation réelle du manoir.

— Nous ne verrons jamais s'échapper de lumière ni de fumée de cheminée pour nous renseigner, dit-il. Il nous reste l'eau courante… C'est un indice irréfutable… Il va falloir nous remonter les manches !

Il trouva les sorties des canalisations dans le parc. Chaque fois qu'un occupant faisait couler de l'eau à l'intérieur du manoir, Rick pouvait le constater. Les gardiens et l'ancien assistant de Conrad quittaient parfois le manoir pour se rendre à Dryburgh, Melrose ou Abbotsford.

— C'est alors qu'il faudra surveiller les écoulements, dit Rick. S'il y en a encore, c'est que le manoir n'est pas désert !

— Cela pourrait être des lave-vaisselle ou des lave-linge qui tournent en l'absence des gardiens ?

— Nous le verrons.

Rick était étonné de la facilité avec laquelle Michael endurait leur vie de guetteurs en pleine nature : son ancien compagnon des docks de Tilbury connaissait toutes les finesses de la survie en pleine nature grâce à la tribu des Yeohs de Caroline du Sud ; leurs conseils étaient aussi valables sur les bords tièdes du Savannah qu'auprès des rives fraîches de la Tweed.

Michael avait raconté à son ami toutes les révélations stupéfiantes de John Bateman sur son appartenance à la famille Muir, et sur l'incroyable héritage différé dont il avait bénéficié. Il voulait désormais tout apprendre sur l'histoire de cette famille anglaise devenue la sienne. Rick et lui avaient réussi à trouver quelques ouvrages sur le sujet à Londres, avant de partir pour l'Écosse, mais aucun ne faisait mention du rapt d'or anglais par les Muir pendant la guerre d'Indépendance d'Amérique ni du testament secret dont avaient parlé John Bateman et Milo Maltesere…

C'est Rick qui trouva enfin les informations cruciales. Ses parents étaient français. Il avait appris à parler sa langue et à la lire avant qu'ils ne l'abandonnent. En faisant des recherches sur Internet, il réussit à se faire livrer au Roar's Pub de Melrose deux livres imprimés en France, intitulés *La Treizième Colonie* et *La Main rouge*.

Stupéfait, il y lut pour Michael ce qu'il brûlait de découvrir, traduisant certaines pages à la volée.

Philip Muir, l'ancêtre, était bien un jeune Anglais parti coloniser la Géorgie en 1733. Il était le fils illégitime d'Augustus Muir et d'une héroïne du temps, Shannon Glasby.

Rick avalait les chapitres. Il déclara soudain :

— Tu ne le croiras jamais…

— Quoi ?

— La mère de Philip Muir a été enfermée ici ! Avant d'être abandonnée dans une prison pour dettes de Londres…

Ils regardèrent le manoir de Dryburgh d'un autre œil.

— L'auteur évoque le testament ? demanda Michael.

Rick fouilla les deux volumes.

— Oui, dit-il.

Il regarda Michael, blême.

— Tout est vrai.

Passé la stupéfaction, Michael répondit :

— Alors il avait raison.

— Qui ça ?

— Milo Maltesere. Quand il m'avait dit de ne pas essayer de comprendre… « Ces dollars ont une histoire trop compliquée… »

Rick acquiesça :

— Pour comprendre cette partie, il faut lire ces livres français…

Michael Monroe considéra le nom de l'auteur et hocha la tête.

À ce moment, la porte du manoir s'ouvrit et les trois résidents en sortirent, chaudement vêtus. Ils montèrent dans un Range Rover et prirent la route de Melrose.

— C'est le moment, s'écria Rick.

Michael profitait toujours de l'absence des employés pour faire le tour du manoir à la recherche d'indices. Rick, lui, allait guetter du côté des canalisations, mais Michael l'arrêta.

— Oublie ton idée. On n'a pas besoin de preuve. J'en ai assez d'attendre. On y va.

— Mais…

— Elle est *là* ! Je le sens.

Michael et Rick enfoncèrent la vieille porte d'entrée de l'édifice.

Dès qu'ils posèrent le pied dans le vestibule, l'alarme silencieuse se mit en route. Rick remarqua le boîtier de contrôle qui clignotait.

— Le temps d'arriver, dit-il, la police de Melrose ne sera pas là avant un quart d'heure. Il faut faire vite.

— Tu te charges des combles, je m'occupe des sous-sols. L'un redescend et l'autre remonte, en fouillant chaque pièce. Il faut aussi rechercher des issues dérobées. Allez !

Ils se séparèrent.

Dans la plupart des salles de réception, les meubles étaient recouverts de draps. Les Muir ne devaient pas venir souvent. Quelque chose d'éteint, de dépéri, de mort même planait alentour, accentué par les volets clos des hautes fenêtres qui laissaient à peine filtrer le jour.

Michael fonça vers les caves par les cuisines.

Il allumait toutes les lumières. Il repensa à ce que lui avait dit Conrad à Savannah : « Jennifer croupit aujourd'hui quelque part, dans un lieu connu de moi seul… »

Il emboutit plusieurs portes : elles donnaient toutes sur des réserves de grands crus. Il courait d'un lieu à l'autre, pris du même emballement cardiaque qu'au moment où il avait plongé dans la Tamise pour serrer Jennifer entre ses bras. Aujourd'hui, presque hors d'haleine, il se répétait : « Je vais la retrouver… Je vais la retrouver… Je suis là… Je suis *là*... » Il se mit à crier son prénom.

Alors son téléphone sonna.

C'était Rick.

Il prononça quatre mots.

— Je l'ai retrouvée.

Michael se figea. Il ne put rien répondre, rien exprimer, pas même exhaler… Tout se mélangeait. Il avait l'impression de reconnaître ses sensations extrêmes : il les avait eues quand on lui avait annoncé la mort de ses parents et de son frère.

Il se remit en mouvement.

Il avançait curieusement à pas très lents, comme pris de vertige, toujours au bord de s'écrouler. Il sentait son sang lui brûler les veines. Il découvrait, pour la première fois, qu'il était possible que le bonheur fasse horriblement *peur*…

Il poussa le pan de bibliothèque qui dissimulait un passage secret décrit par Rick.

Puis il la vit.

Elle était entre les bras de son ami. Elle se dégagea en le voyant apparaître, elle aussi avec des mouvements extrêmement lents. Ils semblaient baigner dans un monde à eux, comme dans leur « Boom Cœur » du cargo, ou comme sur leur lit d'hôtel à Savannah quand ils attendaient les effets du poison.

Jenny avait beaucoup maigri, était affreusement pâle, affaiblie, mais aux yeux de Michael, elle restait la même. Il lui saisit les mains. Ils ne se parlaient pas. Chaque larme était une parole. Leur peau disait tout. Se regarder disait tout. Être seulement là disait tout.

Rick les entendit enfin murmurer, comme deux revenants :

— Tu m'aimes ?

— Je t'adore…

8.

À New York, une semaine après les funérailles de Hubert Humphrey, au City Criminal Court, Mathilde Bateman fut appelée la première dans le box des témoins par l'avocat du procureur général.

Elle traversa dignement le tribunal.

Elle était vêtue de noir, sans maquillage, les cheveux sobrement nattés. Tous les regards étaient fixés sur elle. Le silence était absolu. Dans la rue, une centaine de télévisions du monde couvraient l'événement. Depuis son box, à la droite du juge, Mathilde embrassa les visages et les regards arrêtés sur elle.

Il y avait sa famille, au grand complet, sur les bancs des accusés.

Ses deux frères, aussi.

Les trois O.

Son père.

Ce dernier lui apparaissait brusquement vieilli. Il ressemblait à un vieux roi détrôné. Pourtant, ce que son corps fatigué exprimait, son regard le réfutait. Mathilde le remarqua aussitôt. Elle le connaissait mieux que personne. Il avait l'air *satisfait*.

Comme s'il avait gagné quelque chose. Contre quelqu'un…

« Ou contre lui-même… » songea-t-elle.

L'avocat général lui fit prêter serment et commença :

— Chère madame Humphrey…

Il insista sur son nom d'épouse.

— Il y a aujourd'hui, dans cette salle d'audience, plusieurs dizaines de familles de victimes qui ne s'attendaient certainement pas à devoir assister à un procès aussi médiatique que celui-ci, encore moins à s'y voir impliquées en tant que parties civiles… Ces familles ont toutes eu un ou plusieurs de leurs membres tués dans des accidents apparemment tragiques ou fortuits, ou clairement assassinés. Elles découvrent, stupéfaites, que la redoutable famille criminelle des Bateman pourrait se cacher derrière chacune de ces disparitions qui les ont endeuillées… Pourquoi les Bateman se seraient-ils acharnés à faire disparaître leurs proches, alors que rien ne semblait les rapprocher les uns des autres ? Il me semble que nous leur devons une réponse.

Mathilde acquiesça.

— Ces familles, répondit-elle, ainsi que les victimes dont vous parlez, sont toutes des descendants d'un seul et même homme. Un certain Philip Muir, décédé en Géorgie en 1785. Ces personnes appartiennent, sans le savoir, à la même famille…

L'agitation gagna l'assistance. Une semaine avant l'ouverture du procès, un éditeur de Santa Monica avait fait publier les Mémoires posthumes d'un certain Daniel Kerbs, tueur à gages de la famille Bateman, surnommé Le Malédictin. L'ouvrage était intitulé *Le Tueur de Paramus, quatre décennies dans les pas d'un tueur*. Beaucoup de familles présentes au tribunal y avaient lu, pour la première fois, les circonstances atroces de l'exécution de certains de leurs proches, opérée par Kerbs. Mais sans pouvoir tisser de lien entre eux, car l'exécutant des basses œuvres des Bateman l'ignorait lui-même. Il se contentait de remplir ses contrats…

— Ces victimes, expliqua Mathilde, sont mortes à cause de l'or secret des Muir. Cet or qui sommeille aujourd'hui encore dans les coffres de la FED à New York… Cette gigantesque fortune est remise en héritage, par portions, depuis des générations, à des descendants Muir, selon des dispositions secrètes établies dans les dernières volontés de Philip Muir. Cet argent, presque toujours tombé du ciel, livré sous le sceau du secret, devrait être une bénédiction pour chaque heureux héritier ! Hormis, qu'après tout legs, un Bateman surgissait souvent pour l'en déposséder et l'assassiner… Et cette succession de crimes se perpétue depuis bientôt deux siècles…

Un silence écrasant s'abattit sur le tribunal. On n'entendait plus que le tapotement des doigts de la greffière qui terminait de prendre en sténo sur son clavier, mais ce bruit aussi mourut, et tout le monde attendit.

La salle était effarée.

— Pourquoi ? demanda l'avocat général d'une voix à peine audible. Comment tout cela a-t-il commencé ?

— Il semblerait que seul le chef de famille des Bateman soit en position de connaître toute la réalité. Ce secret se transmettrait de chef à chef.

Tous les jurés dévisagèrent John Bateman, à l'imitation de la salle.

Sur sa chaise, le patriarche s'interdit de réagir. Il se contenta de sourire, comme il le faisait depuis son entrée au tribunal. Il portait fièrement sa grosse casquette en patchwork achetée lors de son premier voyage dans le *Bog,* quand il avait vingt ans…

— Oui, déclara Mathilde en regardant John à son tour, le seul qui puisse vous répondre, c'est mon père !

Trois personnages manquaient à ce procès qui auraient pu, eux aussi, apporter des lumières sur l'affaire : Joe Orton, Liam O'Connor et Milo Maltesere. Joe Orton devait comparaître devant la justice pour répondre des exactions de son employeur.

Liam O'Connor, pour les meurtres commis pour son employeur.

Milo Maltesere, pour confirmer les affirmations de Mathilde sur l'héritage différé de Philip Muir.

Ces trois hommes s'étaient complètement évanouis.

— Saurons-nous jamais comment tout cela est arrivé ? interrogea Mathilde en s'adressant aux jurés. Comment tout cela a-t-il pu se répéter pendant des années ? Comment cela a-t-il commencé ? Que s'est-il passé en 1780 ? Comment les choses ont-elles tourné depuis Philip Muir ? D'où est née cette haine entre les Bateman et les Muir ? Je n'ai, hélas, pas de réponses à vous apporter. Sans doute, personne n'en aura jamais. Je crains que la justice n'ait pas, dans son arsenal, le pouvoir de remonter le temps… Il paraît qu'il existe quelque part une preuve irréfutable, mais je crains qu'elle ait aussi définitivement disparu.

Elle sortit un document de sa poche.

— Je ne sais pas tout, néanmoins voilà ce dont je suis certaine, et que je ne veux jamais oublier.

Elle énumérera la liste des noms de tous ceux qui, recensés à ce jour dans son livre, avaient été exécutés par les Bateman et par Kerbs pour récupérer l'argent de leur héritage, au cours des trente dernières années.

L'exercice était glaçant.

Ponctué de larmes dans l'assistance.

Parmi une cinquantaine de noms, Mathilde lut ceux de Jack et Lise Monroe, assassinés à Londres dans un faux accident de voiture, le 28 mai 1995…

Les parents de Michael Monroe !

Quand elle eut terminé, elle rangea la liste et dit :

— Que mon père parle ou se taise, une chose est sûre, c'est que le massacre des Bateman prend fin *aujourd'hui* !...

Plusieurs personnes ne purent se retenir d'applaudir dans la salle.

Le juge exigea le retour de l'ordre.

De son côté, John continuait de sourire. Imperturbable.

S'il manquait trois personnages clefs à ce procès, un quatrième allait bientôt faire cruellement sentir son absence.

Au soir du premier jour du procès, après la longue audition de sa fille, John Bateman retourna dans sa cellule de Rikers Island. Fidèle à sa ligne de conduite, il n'avait pas fait de déclaration ni parlé publiquement. Il profitait d'une chambre individuelle. Il se coucha, plus paisible que d'ordinaire. Il avait refusé d'aller converser avec d'autres détenus. Il plia et rangea ses affaires sur une chaise, sa casquette fétiche posée sur le dessus. Avant l'extinction des feux, il put parcourir quelques pages des Mémoires de son aïeule, Amanda Bateman, le seul livre qu'il avait apporté à Rikers. Il s'endormit, sans aucune difficulté.

Au cours de la nuit, il succomba en plein sommeil, de l'air le plus apaisé qui soit... Le patriarche redouté mourut heureux, dans son lit, comme un honnête homme, un sourire sur le visage, emportant avec lui ses secrets...

Ses secrets des Bateman... et des Muir.

9.

À Londres, Conrad fut arrêté et le scandale de la séquestration de sa femme dans son manoir de Dryburgh bouleversa le royaume anglais autant que le procès Bateman stupéfiait l'Amérique.

— J'étais enceinte, Michael !..., raconta Jennifer. Il m'a laissée accoucher seule avec cet horrible couple de gardiens... Je portais des jumeaux ! Il m'a séparée d'eux à la naissance. Il craignait que, si je restais avec eux, je ne les tue et me donne la mort... En nous séparant, il se doutait que je m'accrocherais à la vie dans l'espoir de les retrouver... Je vivais affligée d'être loin de toi, et loin d'eux. J'ignorais si tu avais survécu !... Pour tenir, je m'efforçais d'y croire, et je vous imaginais heureux, les enfants et toi, chacun dans vos vies...

Conrad Muir avait abandonné les jumeaux aux Enfants trouvés. Tout le pays s'enflamma devant la quête désespérée de Michael et de Jennifer pour retrouver leurs garçons. On finit par les identifier dans un orphelinat. L'orphelinat de Whatford dans le Surrey... Le *même* où Michael avait été recueilli après la mort de ses parents, et où il avait rencontré Rick !

Quand il vit apparaître pour la première fois ses fils, lui, l'orphelin, l'homme séparé de sa femme, lui qui avait retrouvé une place folle dans une famille d'inconnus, se sentit littéralement se consumer… Après l'amour avec Jenny, l'amitié avec Toona, il lui restait un dernier sentiment universel à explorer, le plus pur de tous : l'amour filial… Face aux petits Jérémy et Ron qui avançaient vers lui, il lui semblait que si quelqu'un devait le toucher, il en sortirait du feu…

Il poussa officiellement les recherches afin de faire valoir son appartenance à la famille des Muir. La Société généalogique d'Utah fut même mise à contribution dans sa recherche d'ancêtres : Michael Monroe se révéla bien être un descendant d'Augustus Muir. Il déposa une requête pour pouvoir user officiellement de ce patronyme. C'était son ultime « vengeance » sur Conrad Muir.

Mais, à la différence de John Bateman, le mari de Jennifer ne vit jamais le premier jour de son procès. Il succomba à une crise cardiaque à l'hôpital où il avait été transféré quarante-huit heures seulement après son entrée en détention.

De son côté, la « résurrection » de Jennifer Muir, tant sur le plan juridique que médiatique, fut une affaire d'État ! N'ayant jamais divorcé de Conrad Muir, sitôt sa mort, elle hérita de toute sa fortune…

— Quand nous nous marierons, plaisanta-t-elle avec Michael, nous aurons peut-être déjà le même nom.

La première fois qu'ils s'étaient revus après leur saut dans la Tamise et leur séjour à l'hôpital, Michael et Jenny avaient à peine osé se parler et se regarder. Cette fois, après sept ans de séparation, ils ne cessèrent de discuter pendant des jours et des jours. Michael lui raconta ses aventures, le sabordage du *Rappahannok II*, la valise de billets, l'achat des terres dans le comté de Jasper, le surplus de la taxe portuaire, sa fortune immense, la planque à Dryburgh…

La question se posait de savoir où ils allaient vivre en famille.

Jenny voulait fuir l'Angleterre.

Ils décidèrent de retourner à Savannah avec les jumeaux.

Ils se firent néanmoins une promesse :

— On ne parle plus jamais de mort…

— Plus *jamais* !

Car jamais ils n'avaient aussi fortement voulu *vivre.*

Pour traverser l'Atlantique, ils choisirent de repartir à bord d'un bateau…

10.

Michael Monroe débarqua à New York du *Queen Mary II*. Il avait suivi de près le déroulement du procès des Bateman au cours de la traversée.

Arrivé en Amérique, il demanda à rencontrer Mathilde Bateman.

Tous deux étaient les héritiers de familles qui se déchiraient depuis des générations, et dont la mystérieuse rivalité avait provoqué des morts par centaines… Michael avait reconnu, effaré, le nom de ses parents dans la liste lue par Mathilde devant la cour et publiée dans la presse. Son père et sa mère avaient été assassinés par les Bateman ! Eux aussi avaient touché une valise d'argent hérité du vieux Philip Muir…

Mathilde et Michael fraternisèrent et s'accordèrent rapidement pour mettre, enfin, un terme à cette spirale criminelle.

— Le testament des Muir doit être cassé, dit-il.

— La malédiction des Bateman doit cesser, dit-elle.

Ils firent une déclaration conjointe dans ce sens.

Leur accord stipulait qu'ils allaient reprendre le contrôle de l'or qui dormait dans les coffres de la Réserve fédérale de New York afin de le remettre, intégralement, à des missions humanitaires et caritatives.

Le pays salua leur entente et leurs résolutions philanthropiques. La justice donna à Mathilde et à Michael l'autorité sur les sommes en dépôt sous Liberty Street.

Alors même que le procès des Secrets de famille se poursuivait, Michael et Mathilde décidèrent de se rendre à la banque de New York pour ordonner les premiers transferts caritatifs.

Michael voulait voir le fameux coffre.

En retournant dans les souterrains, marchant en direction de « sa » chambre forte, Mathilde retrouva les immenses espaces emplis d'or qu'elle avait visités avec le gouverneur Humphrey, et dont elle avait rêvé enfant.

Michael, de son côté, n'en revenait pas de découvrir autant de métal précieux amoncelé sous ses yeux.

Leur coffre était cerné de barreaux peints en bleu et faisait près de vingt mètres carrés.

« Leur » coffre. Il était vide.

Intégralement vide.

Un administrateur de la banque annonça que le contenu de la chambre forte avait été déménagé moins d'une dizaine de jours auparavant, profitant d'une sortie d'or massive de la Banque centrale du Honduras.

— Qui a signé l'ordre de sortie ? s'exclama Mathilde.

— Il ne s'agit pas d'ordre signé, madame, lui répondit l'administrateur. Ces mouvements ne sont autorisés qu'à l'aide de clefs numériques de haute sécurité. Ce sont des codes à plus de cent chiffres. Infalsifiables.

Michael et Mathilde étaient sidérés.

— Où est parti l'or ?

— Nous ne sommes jamais tenus de le savoir. Je n'ai pas de réponse. Je le regrette.

Alors, par le plus pur instinct animal, par un réflexe d'entrailles, que ni Michael ni Mathilde ne purent ni commander ni surmonter, ils s'écartèrent l'un de l'autre.

— C'est vous, dit-elle, d'une voix grondante…
— Comment avez-vous osé ? l'accusa-t-il…
— Milo Maltesere a disparu. Vous avez tout manigancé avec lui !
— Milo Maltesere est venu vous voir à la Maison Blanche pour vous aider à déposer votre père. Votre plan continue… C'est avec *lui* que vous avez commis ça ! Ce n'est pas possible autrement !
Qui parlait en ce moment ?
Mathilde Bateman ?
Michael Muir ?
Leur sang ?
La haine viscérale des deux familles renaissait en eux, aussi irréfléchie, aussi folle, aussi naturelle, finalement, que des liens de sang…
Il ne fut plus question d'entente.
— Vous ne vous en sortirez pas, Bateman !
— Je vous aurai, Muir…
La stupeur gagna le pays quand il apprit que l'or du Savannah avait de nouveau disparu et que, nouvelle discorde, Mathilde et Michael juraient de s'entre-déchirer.

*

Du fond de sa tombe, Hubert Humphrey tint parole.

Au moment de leur accord pour les terres de Jasper, Michael lui avait demandé la faveur de pouvoir récupérer l'île d'Elba au milieu du Savannah. La concession de l'usine chimique ne fut pas renouvelée et Michael put investir des millions pour lui redonner son aspect naturel et sauvage.

Il convia ensuite la tribu des Yeohs à reprendre possession de ce bout de terre qui avait hébergé ses ancêtres. Lors des travaux d'assainissement, on avait retrouvé l'emplacement d'une très vieille sépulture où se trouvaient encore les restes d'aïeux Yeohs oubliés… L'île d'Elba reprit officiellement son nom de Tomoguichi.

Toona et son épouse Kitbô furent les premiers à venir la réhabiter.

La jeune femme était enceinte.

Le soir de leur première nuit, ils se placèrent à la pointe sud pour voir le coucher du soleil. Les derniers feux du jour étaient resplendissants, ils se reflétaient sur l'eau rougeoyante du Savannah, comme au premier jour du monde…

Toona et Kitbô se tenaient par la main, heureux, pleins d'espoirs dans l'avenir, occupés de leur seul bonheur… Ils étaient loin d'imaginer toutes les joies et toutes les peines de ceux qui les avaient précédés… Le passé n'existait nulle part pour eux. Ils s'aimaient. Pour Toona et Kitbô, le monde venait à peine de naître. Pour un jeune fantôme yeoh à côté d'eux aussi…

Sur la rive opposée du Savannah, celle du port en chantier, Michael et Jennifer les aperçurent et les regardèrent avec tendresse.

Avec un amour pareil, le monde renaît tous les jours…

11.

Dix ans plus tard, les premiers quais du nouveau port sur le Savannah, le Jasper Terminal, furent ouverts à la navigation. Michael Muir était devenu l'un des notables les plus influents et les plus aimés de Savannah. Il fut élu maire à une majorité écrasante.

En réponse, nimbée de son triomphe du grand procès qui avait fait d'elle une personnalité très respectée, Mathilde Bateman, son ennemie héréditaire, se fit élire à la mairie de New York…

Quatre ans plus tard, Michael devint sénateur de Géorgie.

Mathilde, sénatrice de l'État de New York…

Gagnant toujours plus de poids politique, ils se déchirèrent bientôt les rênes du Parti démocrate.

Année après année, ils gravissaient les échelons du pouvoir avec la même ardeur qu'ils mettaient à se contrer et à desservir l'autre. Leurs joutes par presse interposée étaient d'une violence inouïe. Ce n'était plus de la rivalité électorale, mais de la haine pure.

Un seul champ de bataille paraissait à la mesure de leur duel : Washington.

Vingt ans après la disparition de l'or, Mathilde Bateman et Michael Muir se lancèrent, le même jour, dans la campagne présidentielle…

Trois siècles auparavant, l'ancêtre de l'une, Harry Bateman, arrivait pauvre et désœuvré dans la jeune colonie de Pennsylvanie, et l'ancêtre de l'autre, Philip Muir, posait le premier le pied sur un bout de terre sauvage qui allait devenir la Géorgie.

L'histoire ne se répétait pas, elle continuait…

Épilogue

1979

John avait trente ans. Il portait une veste de cuir claire et sa casquette molle fétiche.

Le cérémonial d'intronisation d'un nouveau chef de la famille Bateman se déroulait toujours dans le domaine historique du New Jersey, sur les rives de l'Hudson, qui avait été construit par Charles Bateman.

John venait de lutter dix ans avec sa femme Frida pour gravir les échelons de la famille en faisant preuve du plus grand respect des traditions et des règles anciennes. Ce jour-là, il se trouvait seul en présence du bras droit de l'ancien chef défunt, son grand-oncle.

Personne dans la famille ne savait à quoi ressemblait une cérémonie d'intronisation ni ce qui s'y disait ou s'y échangeait.

Le bras droit approcha de John et lui remit une boîte en bois de cèdre fermée avec un verrou.

Elle était ouverte. John regarda à l'intérieur. Elle contenait une très vieille bible.

Dans cet exemplaire, parfaitement conservé, avaient été soigneusement inscrits toutes les naissances, tous les mariages et tous les décès de la famille Bateman depuis l'année… 1691.

— Il n'y a pas que ça… l'avertit le bras droit. Les pages de cette bible contiennent aussi le nom de tous les descendants Muir que nous avons dû éliminer et le compte de toutes les sommes que nous avons pu recouvrer…

John était effaré.

Le bras droit lui expliqua le testament secret, la querelle entre les Muir et les Bateman et la terrible vengeance qui en découlait depuis un siècle et demi…

C'était donc cela, le *secret*?…

Une vendetta meurtrière?

John était effaré, et horrifié.

Il trouvait cette « tradition » absolument abominable. Elle lui répugnait profondément.

— Vous êtes à partir d'aujourd'hui le garant de cette malédiction, John Bateman. Elle vous est passée, comme elle a été passée à vos prédécesseurs. C'est à vous de poursuivre l'œuvre de vos pères. En n'oubliant jamais que le serment d'un aïeul, même mille ans après sa disparition, reste une chose sacrée et inviolable pour ses héritiers. Nul ne peut le briser.

John savait déjà que, *lui*, ne pourrait pas se dresser ouvertement contre cette tradition familiale. Il avait fait trop de serments sur le respect des règles anciennes pour en arriver là. Il ne tiendrait jamais cette famille sous son contrôle en s'attaquant à un tel pilier…

Il pensa un instant renoncer.

Tout abandonner.

Mais il savait désormais le *secret*…

Et celui-ci était trop lourd pour qu'on le laisse jamais s'éloigner en paix.

Il devait se soumettre, ou périr.

Le jeune John s'entendit alors dire :

— Moi, fils et petit-fils de Bateman passés, père et aïeul de Bateman futurs…

Il jura.

Lorsqu'il sortit de la salle de l'intronisation, sa femme se jeta, heureuse, entre ses bras.

Leurs deux tout jeunes garçons, Clive et Julian, jouaient sur un tapis, derrière elle. Mathilde n'était pas encore née.

« Ce ne sera pas moi, se dit alors John, l'air sombre… Ce ne sera pas moi, mais cela sera l'un de mes enfants… L'un d'eux aura les mains pures, j'y *veillerai*, et il achèvera cette horreur à ma place… Il le faut. »

John y croyait sincèrement.

Comment avait-il pu s'abuser à ce point ?

Il n'ignorait pourtant pas cette réplique de Beckett, un autre grand Irlandais, qui devrait désavouer un jour ses espérances :

« La fin est dans le commencement, et c'est pour cela que tout continue. »

*

C'était Liam O'Connor qui avait dérobé l'or des Muir et des Bateman.

Avec l'appui de Milo Maltesere. Ce dernier se devait de préserver l'héritage de Philip Muir. Trop compromis, il avait fait ce qu'il devait pour que, *apparemment*, l'histoire de l'or du Savannah s'arrête. Trop exposé, il avait remis la gestion du testament à un autre.

Liam était retourné vivre en Irlande, son immense fortune en gérance à l'abri, et comptait y puiser pour venger l'honneur bafoué de son père et reprendre sa lutte contre l'Angleterre.

Seulement, au bout de quelques années, un homme au nez fortement épaté atterrit à l'aéroport de Dublin.

Un agent du FBI qui le recherchait.

L'agent Donner…

La fin est dans le commencement, et c'est pour cela que tout continue… toujours.

Imprimé en Espagne par
Liberdúplex
à Sant Llorenç d'Hortons (Barcelone)
en mai 2022

POCKET - 92, avenue de France - 75013 Paris

S32564/01